www.ingramcontent.com/pod-product-compliance
Lightning Source LLC
LaVergne TN
LVHW050800051026
849532LV00008B/2929
9789369087631

ایک اکسٹرا لڑکی

(افسانے)

کرشن چندر

Aik Extra Ladki *(Short Stories)*

by: Krishan Chander

Edition: May '2025

Publisher :

Taemeer Publications LLC (Michigan, USA / Hyderabad, India)

ISBN 978-93-6908-763-1

کتاب	:	**ایک اکسٹرا لڑکی** (افسانے)
مصنف	:	**کرشن چندر**
صنف	:	فکشن
ناشر	:	تعمیر پبلی کیشنز (حیدرآباد، انڈیا)
سالِ اشاعت	:	۲۰۲۵ء
صفحات	:	۷۴
سرورق ڈیزائن	:	تعمیر ویب ڈیزائن

فہرست

بھُوت

بارش ہو رہی تھی۔ گزشتہ پانچ روز سے متواتر موسلا دھار پانی برس رہا تھا بادلوں کا رنگ دھواں دھواں تھا، اور زمین مخمل، پانی میں بھیگی ہوئی سبز مخمل جس پر پاؤں پھسلتے تھے اور پانی کے بلبلے بنتے اور پھٹتے تھے۔ فضا میں گرتی ہوئی بوندوں کا اندوہناک شور تھا اور سڑی ہوئی مٹی کی باس مینڈک پانی کی ہوتی جھیلوں میں ٹرّاتے تھے۔ ایک بہت بڑا بھورے رنگ کا مینڈک اُن کے سامنے سے پھُدکتا اور ریل کی پٹری کو پار کرتا ہوا آگے نکل گیا۔ سگنل والے کی کوٹھری کے پاس ایک بھینس چر رہی تھی، مینڈک اس کے پاؤں تلے آگیا۔ حادثہ، اتفاق، خدا، کسی کو کیا کہیے۔ زندگی موت

میں منتقل ہو چکی تھی۔

گاڑی آنے میں ابھی بہت وقت تھا۔ اس نے ٹکٹ خریدا، چھاتا کھولا۔ چنے والے سے چنے کھائے، اخبار پڑھا، بوٹ پر پالش کرایا۔ سر کھجایا۔ اٹھ کر ٹہلا۔ ٹہل کر بیٹھ گیا۔ ایک چھوٹا سا مضافاتی اسٹیشن تھا۔ بمبئی سے انیس میل دور، اور یہ انیس میل اس وقت ہزاروں میل معلوم ہو رہے تھے۔ پلیٹ فارم کی گھڑی کی سوئیاں گویا مدت سے ساکن تھیں۔ شاید یہ کمبخت بھی گاڑی کی آمد کا انتظار کر رہی ہیں۔ اس نے جمائی لی۔ ادھر ادھر دیکھا، کہیں کوئی خوبصورت عورت بھی نہ تھی۔ نگاہ کہیں نہیں رکتی۔ لوہے کے زنگ آلود تاروں پر کوے ٹھٹھر رہے تھے۔ نم آلود بنچوں پر کائنات کی بدصورت ترین مخلوق بیٹھی ہوئی پان کی جگالی کر رہی تھی، مونگ پھلی کھا رہی تھی۔ رائیں سہلا رہی تھی۔ چنے کی خشک دال میں، کاندہ نمک اور سرخ مرچ اور نیبو کا رس ڈال کر اپنے دانتوں کی چکی تلے پیس رہی تھی اور بار بار آنکھیں جھپک کر ریل کی چمکتی ہوئی لائن دیکھنے میں مصروف تھی.... گاڑی.... کہیں کوئی گاڑی نہ تھی۔ ریل کی چمکتی ہوئی پٹری دور فضا میں گم ہو رہی تھی۔ اور پانی برس رہا تھا۔ اور مینڈک ٹرا رہے تھے۔

اگر وہ پانچ منٹ پہلے آجاتا تو پوری دلی سے آنے والی گاڑی پر سوار ہو سکتا تھا۔ لیکن ایسا نہ ہوا۔ اب چھ بج چکے تھے۔ اور اُسے دوسری گاڑی کا انتظار تھا جو پونے سات بجے آئے گی۔ اُس نے چھاتا اُٹھا کر اسٹیشن کے ایک کھمبے سے لگا دیا۔ اور قریب ہی ایک بنچ پر بیٹھ گیا جس پر جلی حروف میں لکھا تھا "فرسٹ اور سیکنڈ کلاس کی عورتوں کے لئے" اول تو اُسے پلیٹ فارم پر پہلے اور دوسرے درجہ کی ایک عورت بھی نظر نہ آئی تھی۔ پھر یہ بھی تھا کہ مردوں کے بنچوں پر عورتیں اور عورتوں کے بنچ پر مرد بیٹھے تھے۔ اس نے سوچا اس مرد میں بھی کس قدر ذم کا پہلو نمایاں ہے لیکن کمبخت اسٹیشن ماسٹر کو اپنی پتلون کی نوک پلک درست کرنے ہی سے فرصت نہیں ملتی۔ وہ پلیٹ فارم کا اخلاق کیسے سمجھ سکتا ہے۔ چھلتے کی دراز کمانیوں سے پانی ٹپ ٹپ کرکے بہ رہا تھا۔ اور فرش پر بہتا ہوا کچھ لکھتا جا رہا تھا۔ ناگری کے حروف، اُردو کے حروف، گیدڑ کا منہ، شیر کے ایال۔ جناح کا چہرہ۔ گاندھی کا چہرہ۔ چرچل کا سگار۔ مندر کی تکونی چھت جو دیکھتے دیکھتے مسجد کے گنبد میں تبدیل ہوئی اور پھر گاتھک گرجا کی صورت میں نمودار ہو گئی۔ اور پھر اک عالی شان محل کا کھنڈر بن گئی۔ قطرہ قطرہ کرکے پانی بہہ رہا تھا۔ اور ایک

ہی قلم کی نوک سے مختلف زبانیں، تہذیبیں، شخصیتیں اور مذاہب ایجاد کرتا چلا جا رہا تھا۔ اب چھاتنے کی مڑی ہوئی ہتھی کے نیچے بہت سا پانی جمع ہو کر ایک چھوٹی سی جھیل بن گیا۔ وہ منبع تھا نو یہ منزل ہے۔ اس نے سوچا یہاں سب تہذیبیں اور کلچر اور شخصیتیں گڈمڈ ہو جاتی ہیں۔ پانی بھی خوب چیز ہے صاحب! ہندو پانی، مسلم پانی اور پھر — چھاتنے کا پانی! — گاڑی ابھی نہیں آئی تھی۔

ملاڈ سے چرچ گیٹ تک جانے میں پورا ایک گھنٹہ صرف ہوگا۔ اس خیال سے اس کی کنپٹیاں دکھنے لگیں۔ اور اسے اسپرو کے پیکیٹ کی ضرورت محسوس ہوئی لیکن ملاڈ تو ایک ذلیل مضافاتی اسٹیشن تھا، یہاں اسپرو تو کیا جنجر کی بوتل بھی مہیا نہ ہو سکتی تھی۔ جنجر کی بوتل سے اس کے سر کا درد کیسے دور ہوتا لیکن وہ جنجر کی بوتل ضرور پینا چاہتا تھا۔ دراصل وہ ملاڈ اسٹیشن سے فوراً رخصت ہو جانا چاہتا تھا۔ کیونکہ اس کی فضا میں برستی ہوئی بارش کی اداسی تھی۔ اور مینڈک ٹرا رہے تھے۔ اور غلیظ کوّے زنگ آلود تاروں پر بیٹھے ہوئے اپنے ناپاک جسموں کو اپنی کالی کالی چونچوں سے صاف کر رہے تھے۔ اور گندے اسپرو کیسپار والی دھوتیوں سے جو تیں چننے میں مصروف

تھے۔ ادھیالی ٹیالی عورتوں نے ایک ہی قسم کے پھول ایک ہی طرح پر اپنے جوڑوں میں لگا رکھے تھے۔ اور سیدھی مانگ نکال کر اپنے بالوں میں کھوپرے کا تیل لگا کر انہیں پالش کئے ہوئے بوٹ کی طرح چمکایا ہوا تھا۔ اور وہ سیدھی مانگ دور سے بالکل ریل کی پٹری معلوم ہو رہی تھی۔ اور گاڑی ابھی تک نہ آئی تھی۔ عورت اور ریل کی پٹڑی میں کیا فرق ہے۔ اس نے سوچا۔ ریل کی پٹڑی کئی اسٹیشنوں پر ٹھہرتی ہے۔ عورت صرف ایک سٹیشن پر۔ اور اگر ایک سے زیادہ اسٹیشن پر ٹھہرے تو عورت نہیں طوائف کہلاتی ہے۔ انتظار دونوں کے لئے کرنا پڑتا ہے۔ اور جو مزا انتظار میں ہے وہ گاڑی پر چڑھنے میں نہیں۔ عورت تک پہنچنے کے لئے اس سے شادی کرنا پڑتی ہے اور گاڑی کے لئے ٹکٹ خریدنا پڑتا ہے۔ اور جو لوگ بے ٹکٹ سفر کرتے ہیں۔ وہ سماجی اعتبار سے بداخلاق سمجھے جاتے ہیں۔ گاڑی ہو یا عورت بے ٹکٹ سفر کرنے والے کو ہر حالت میں سزا ملتی ہے توبہ۔ توبہ کیسی بُری بُری باتیں سوچ رہا تھا۔ وہ اس کے کنوارے جذبات خطرناک حد تک بداخلاقی کے مرتکب ہو رہے تھے۔ اب اُسے ازدواجی زندگی کا ٹکٹ خریدنا ہی پڑے گا۔

اب گاڑی آ بھی چکے۔ اُس نے پلیٹ فارم کی گھڑی کی طرف دیکھا۔ ابھی صرف دس منٹ گزرے تھے۔ صرف دس منٹ؟ اور وہ اپنی دانست میں کئی عمریں گزار چکا تھا۔ وہ بچپن سے جوانی اور جوانی سے بڑھاپے میں آیا۔ پھر اپنے بچپن کے سہانے خوابوں کی سمت لوٹ چلا تھا۔ لیکن گاڑی پھر بھی نہ آئی تھی۔ اور ابھی صرف دس منٹ گزرے تھے اُس نے پالش والے لڑکے کو آواز دی۔ ابے او لڑکے پالش والے!

پالش والا لونڈا ایک نتھنے میں انگلی ڈال کر گنگنے الفاظ میں بولا۔

"صاحب ابھی تو نئرا بوٹ پالش کیلا ہے۔"

"کوئی ہرج نہیں۔ اسے پھر پالش سے اچھی طرح چمکا دے۔ دیکھ اب کے اچھی طرح سے پالش کیجیو دو آنے دونگا۔"

پالش والے نے اس کے پاؤں اپنی پھٹی ہوئی نیکر پر رکھ لئے نیکر جو کبھی خاکی رنگ کی تھی۔ لیکن اب جگہ جگہ سے پھٹ کر بے رنگ ہو چکی تھی۔ پالش والے کی ٹانگوں پر چھوٹے چھوٹے بیشمار زخم اور پھنسیاں تھیں۔ اس کے ننگے پاؤں میں بیائیاں پھوٹ آئی تھیں۔ اور اُس کی ناک سے نزلہ سُڑ سُڑ کر کے بہتا تھا۔ لیکن پالش والا لونڈا بھی بڑا ہوشیار تھا۔ وہ اپنے

بہتے ہوئے نزلے کو ایک ہی بار سانس کھینچ کر فوراً ناک کے اندر لے جاتا تھا تھوڑی دیر کے بعد نزلہ پھر اس کے نتھنوں سے بہنا شروع ہو جاتا۔ وہ سوچتا کہ اب گرا۔ یہ نزلہ میرے بوٹ پر اب گرا لیکن پالش والا لونڈا بڑا ہوشیار تھا۔ اُس نے پھر زور سے سانس لیکر نزلہ کے لعاب کو ناک کے اندر کھینچ لیا اور برش کو زور زور سے بوٹ پر رگڑنے لگا۔ گاڑی پھر بھی نہ آئی۔ شاید یہ گاڑی کبھی نہیں آئے گی۔ اس نے پالش والے سے کہا بوٹ کے تسمے کھول دو۔ اور بوٹ الگ لے جاکر پالش کرو۔ اس نے سوچا چلو تسمے کھولنے ہی میں کچھ وقت صرف ہوگا۔

گاڑی ابھی تک کیوں نہیں آئی پلیٹ فارم کی گھڑی اس قدر سست کیوں ہے۔ بارش اس طرح کیوں برس رہی ہے۔ کیا یہ اب کبھی نہیں رکے گی۔ ریلوے والوں نے فرسٹ اور سیکنڈ کلاس کے بنچوں کے سامنے کمبریل لگا دیئے تھے۔ پردے کے لئے نہیں بارش کی بوچھاڑ سے بچنے کے لئے وہ ریلوے کا تہ دل سے شکر گزار تھا لیکن اُسے اس وقت کمبریل کی نہیں، ایک گاڑی کی سخت ضرورت تھی۔ جو اُسے چند لمحوں میں ملاڈ سے چرچ گیٹ پہنچا دے۔ جہاں اس کی محبوبہ اس کا انتظار کر رہی تھی۔

چرچ گیٹ پر اس کی محبوبہ اس کی راہ تک رہی ہے۔ اور وہ ٹاڈ میں لکڑی کے ایک گلے سڑے بوسیدہ بنچ پر بیٹھا اپنے جوتوں پر پالش کرا رہا ہے۔ اور پالش والے لونڈے کی ناک سے بہتا ہوا نزلہ دیکھ دیکھ کر خودکشی پر آمادہ ہو رہا ہے۔ گاڑی نہیں آئی۔ ضرور کوئی حادثہ ہو گیا ہے کوئی کھمبا گرا ہو گا۔ "آزادی پسندوں" نے پٹڑی توڑ دی ہو گی۔ ریل الٹ گئی ہو گی، یہ گھڑی غلط ہو گی۔ بجلی کے تار فیل ہو گئے ہونگے۔ سگنل نہ ملا ہو گا۔ راستے میں ٹیپل طوفان سے اڑ گیا ہو گا۔ سمندر کا پانی ٹھاٹھیں مارتا ہوا گاڑی کے سر سے گزر گیا ہو گا۔ ورنہ گاڑی ابھی تک آ گئی ہوتی آج فتح کی خوشی میں وہ چرچ گیٹ جا رہا تھا۔ جہاں نیلا ریشمی سایہ پہنے اس کی محبوبہ اس کی راہ تک رہی ہے اُسے معلوم تھا کہ آج اُس نے وہی نیلا ریشمی سایہ پہنا ہو گا جو اسے بہت پسند ہے۔ اور جس کے دام ابھی اُس نے درزی کو ادا نہیں کیے۔ کانوں میں الکٹرو پلیٹیڈ نکل کے آویزے ہونگے۔ بڑے بڑے ہلالی آویزے، عید کے چاند کی طرح خوبصورت اور اُن آویزوں کے بیچ میں موتی ٹکے ہونگے موتی، آبدار موتی، دمکدار موتی، چمکدار موتی، طرحدار موتی...... ایں۔ اُس نے اپنے

اُلجھے ہوئے تصور میں آویزوں کو بازاری کتابوں کے ناموں سے کیوں گڈمڈ کر دیا تھا۔ اس کی محبوبہ تو بازاری نہ تھی، بے حد شریف لڑکی، نیلا سایہ اور سفید سینڈل پہننے والی لڑکی۔ گورے گورے چکنے رخساروں والی، ہنس ہنس کر اُتو بنانے والی لڑکی اور پھر پیچھے مڑ کر راہگیر کی نفرت بھی نگاہوں سے خراج وصول کرنے والی بے حد شریف کنواری لڑکی، پڑھی لکھی خاندانی لڑکی، چرچ گیٹ پر اُس کا انتظار کر رہی تھی۔ اور گاڑی ابھی آئی نہ تھی۔ اور آج فتح کا دن تھا۔ دوسری جنگِ عظیم ختم ہو گئی تھی۔ اور دنیا نے تھک کر امن و چین کا سانس لیا تھا۔ جرمنی -- اور پھر جاپان شکست خوردہ ہو کر ہتھیار ڈال چکے تھے اور اُس کی محبوبہ نے نیلا ریشمی سایہ پہنا تھا جس میں اُس کا چھریرا نازک متناسب جسم کنواری بہاروں کی طرح شگفتہ و شاداب نظر آتا تھا۔ دنیا میں بہار آ گئی تھی اور وہ ملاڈ میں جوتوں پر پالش کرا رہا تھا۔

آج گاڑی نہیں آئے گی۔ آج وہ فتح کا جشن نہیں منا سکے گا۔ ان کی مسرتوں میں شریک نہیں ہو سکے گا۔ فورٹ ایریا میں گھومتی ہوئی قمقموں سے جگمگاتی ہوئی ٹراموں کی روشنی نہ دیکھ سکے گا۔ ڈیموکراسی کے سپاہیوں

کو جام پر جام لنڈھاتے اور ابدی امن کے ترانے گا نہ سکے گا۔ ناچ گھر میں نیلے سایے کے محور کے گرد طواف نہ کر سکے گا۔ جوہو کے ساحل کی ریشمی ریت پر لٹا کر اُس کے ہونٹ نہ چوم سکے گا۔ بس آج وہ جوتے پالش کرائے گا۔ اُدھ ناک سے بہتے ہوئے نزلے کو اندر سے باہر اور باہر سے اندر جاتے ہوئے دیکھتا رہے گا۔ اور اس کی محبوبہ ناامید ہو کر واپس چلی جائے گی۔ اور قہقہے بجھ جائیں گے اور مسکراہٹ بجھ جائے گی۔ اور مسرت کے ترانے خاموش ہو جائیں گے اور بھیگی گھاس پر مینڈک ٹرّاتے رہیں گے۔ اور لاپروا حسینوں کے پاؤں تلے کچلے اور مسلے جائیں گے بالکل اسی طرح جیسے اب اس کا دل مسلا اور کچلا جا رہا تھا۔ کیونکہ گاڑی نہیں آتی تھی — فرطِ یاس سے مغلوب ہو کر اُس نے اپنی آنکھیں بند کر لیں

جب اُس نے آنکھیں کھولیں تو سب سے پہلے اُس کی نگاہ ایک ٹوکرے پر پڑی۔ جو اب اس کے قدموں کے قریب فرش پر پڑا ہوا تھا جو ابھی ابھی یہاں رکھا گیا تھا۔ اس ٹوکرے میں مچھلیاں تھیں، سمندری مچھلیاں موٹی پتلی۔ اُلٹی سیدھی، چھوٹی بڑی ہر قسم کی مچھلیاں — اور اس ٹوکرے

کے پاس ایک نیم برہنہ انسان بیٹھا تھا جس نے تاڑی پی رکھی تھی۔ اور جو اس کی طرف دیکھ کر مسکرا رہا تھا۔ اُس کا سیاہ گٹھا ہوا جسم خوبصورت تھا۔ دانت مضبوط اور سپید دھڑ سے اوپر ننگا، پاؤں ننگے اور آدھی رانیں بھی ننگی، صرف کمر کے اُوپر کسی پُرانی دھوتی کا چیتھڑا تھا، گیلا، پتلا، بارش کے پانی سے شفاف ہو گیا تھا۔ کپڑا نہ تھا۔ ایک آئینہ تھا جس میں انسانیت کا چہرہ نظر آتا تھا۔ وہ ماہی گیر نہ تھا۔ اس کے خدوخال بھیلوں کے سے تھے آنکھوں میں جنگلی وحشت تھی۔ بازوؤں میں ایک رُکی ہوئی جابر توانائی، اعضا میں اک لچک، لوچ اور گھلاوٹ، جیسے وہ کسی مہذب بستی کا انسان نہ تھا۔ جنگل کا خوبصورت جانور تھا۔ اور مچھلیاں پکڑ کر لایا تھا اور تاڑی پی کر ہنس رہا تھا۔

قریب ہی اس کی بیوی بیٹھی تھی۔ وہ بھی نیم برہنہ تھی۔ اور ایک نحیف ونزار بچے کو اپنی گود میں لئے ہوئے تھی، اور اپنے تندرست تھنوں سے اسے دودھ پلانے کی ناکام کوشش کر رہی تھی۔ اور ساتھ ہی ساتھ بلند آواز میں اپنی ناکامی کا ماتم بھی کرتی جا رہی تھی۔ اس کے آنسو بہہ رہے تھے۔ اس کی ناک بہہ رہی تھی۔ اُس کے ہونٹوں سے

ٹپک رہی تھی۔ اور وہ ایک بچے کی طرح تھی جس کا عزیز ترین کھلونا اس سے چھینا جا رہا ہو، وہ رو رہی تھی۔ اور اس کا نحیف و نزار بیمار بچہ قے پر قے کر رہا تھا۔ اور اس کا دم الٹ رہا تھا اور پلیٹ فارم کا فرش غلیظ ہو گیا تھا۔ اور بچے کی گردن ایک طرف جھک گئی تھی۔ اور وہ بھیل یہ سب کچھ دیکھ کر بھی ہنس رہا تھا۔ اس کی آنکھیں سرخ تھیں۔ اور اس نے تاڑی پی رکھی تھی۔

بچے نے پھر قے کی، اور وہ لڑکی زور زور سے چلانے لگی۔ اور بھیل اسے پیٹنے لگا۔ اور لڑکی نے ساگ کا گٹھا بھیل کے سر پر دے مارا۔ اور لوگ ہنسنے لگے۔ اور پھر وہ بھیل خود بھی ہنسنے لگا۔ عجیب سی ہنسی تھی جیسے وہ آدمی نہیں تھا۔ پاگل تھا۔ ایسی بھی کیا ہنسی۔ مانا کہ آج جشن آزادی ہے جشن فتح ہے۔ آج دنیا کو فاشیت کے چنگل سے نجات ملی ہے۔ اور ہندوستان کا ہر ہوٹل مسرت کے نغمے گا رہا ہے۔ لیکن اس کا یہ مطلب تو نہیں کہ یوں بے سوچے سمجھے تاڑی پی کر ہنسا جائے۔

چھوٹے بچے کا سر ایک طرف ڈھلک گیا تھا۔ اور وہ نیم برہنہ بھیلنی بیٹھی ہوئی اپنی پھٹی ہوئی دھوتی سے اس کی قے صاف کر رہی تھی۔ اور

پولیس مین اسے اِس طرح غلاظت پھیلانے پر گالیاں دے رہا تھا۔ اور اس کے پستان ننگے تھے۔ اُس کی باہیں ننگی تھیں۔ اور کاٹن مارکیٹ میں کروڑوں من روئی کے انبار لگے تھے۔ اور اس کا پیٹ ننگا تھا۔ اور اس پر اک خوفناک ناگ کی تصویر کھدی ہوئی تھی۔ اور اس کی باہنوں پر بھی خوفناک دیوتاؤں کی سبز تصاویر کھدی تھیں۔ شاک اکسچینج میں سونے چاندی اور روئی کا بھاؤ گر رہا تھا لیکن وہ نیم برہنہ تھی۔ اور اس کی ننگی باہوں میں لکڑی کے ٹوٹے کڑے تھے۔ سونے کے نہیں، چاندی کے نہیں، پیتل یا تانبے کے بھی نہیں صرف لکڑی کے۔ اور ٹخنوں پر پائل کی تصویر کھدی تھی۔ کیونکہ جب عورت کو زیور نہ ملے تو وہ اُس کی تصویر دیکھ کر ہی کیوں نہ خوش ہو......؟

اس کا لڑکا اس کی گود میں دم توڑ رہا تھا اور وہ رو رہی تھی۔ اور پولیس مین اسے گالیاں دے رہا تھا۔ اور اُس کا خاوند تاڑی کے نشے میں دھت، اس کی طرف دیکھ دیکھ کر ہنس رہا تھا۔ وہ ننگا تھا۔ اور اس کی بیوی ننگی تھی اور اُن کے آنسو ننگے تھے اور ان کی ہنسی ننگی تھی کیونکہ بھیل سے اس کا جنگل چھن گیا تھا۔ اُس کا دیس چھن گیا تھا۔ اُس کے تیر و کمان

چھین گئے تھے۔ اب وہ اپنے گھر میں بے گھر تھا۔ بے ہتھیار تھا، بے علم تھا۔ جنگل چھینا۔ لیکن شہر نہ ملا۔ جنگل کی چھال چھینی لیکن روئی کا سوت نہ ملا۔ شکار چھنا لیکن روٹی نہ ملی۔ تیر و کمان چھینے۔ لیکن بندوق نہ ملی۔ جڑی بوٹی چھینی لیکن دوا نہ ملی۔ وہ نہتا تھا۔ بے یار و مددگار تھا۔ اور ہتھیلیوں کا کٹورا لئے پلیٹ فارم پر آلتی پالتی مارے بیٹھا تھا اور نہیں جانتا تھا کہ کیا کرے۔ اس نئی دنیا میں جہاں اس کے لئے کوئی جگہ نہ تھی۔

اس کا جھولتا ہوا سر اور بھی جھولنے لگا۔ اور ریل کے کھمبے کا سہارا لے کر اپنے پیٹ پر جھک گیا۔ یکایک اُس کی بیوی نے ایک چیخ کے ساتھ اپنے سر کو دو ہتڑ سے پیٹ ڈالا۔ کچھ بھی نہ ہوا تھا۔ وہ یار بار تھے کر نشالا غلیظ لڑکا اس دنیا سے چل بسا تھا۔ اس کی آنکھیں پتھرا گئی تھیں۔ اور وہ بے وقوف عورت بار بار اپنے جوان پستان اس کے مردہ ہونٹوں میں ٹھونسنے کی کوشش کر رہی تھی۔ اس لئے کہ اس کی مامتا کے پاس اپنے دودھ بھرے پستانوں کے سوا کچھ نہ تھا۔ دوا کیا ہے۔ کھانا کسے کہتے ہیں مکھن اور دودھ، اگلوکوس اور وٹامن اور کالرے کو روکنے والے انجکشن اور ڈاکٹر لوگ یہ سب کہاں تھے اور کیا کر رہے تھے۔ اسے کچھ معلوم نہ تھا

ریشم کیا ہے۔ سینڈل کیا ہے۔ پتلا سایہ کیا ہے۔ آرام کیا ہے۔ کتاب کیا ہے علم کیا ہے۔ تہذیب کیا ہے۔ ہونٹ کیسے مسکراتے ہیں۔ آنکھیں کیسے چمکتی ہیں۔ سانس میں خوشبو کا تعطر کیسے پھیلتا چلا جاتا ہے۔ اسے کچھ معلوم نہ تھا فتح کسے کہتے ہیں۔ فاشزم اور ڈیموکریسی اور جنگ اور امن میں کیا تفریق ہے اسے کچھ بھی تو معلوم نہ تھا۔ وہ یکایک اپنے مردہ بچے کو لے کر کھڑی ہو گئی۔ چمکتے ہوئے بالوں والی عورتوں سے جوئیں چننے والے امیر و کبیر مارواڑی سے سیٹی بجاتے اور اپنی پتلون کی نوک پلک سنوارتے ہوئے اسٹیشن ماسٹر سے اس کی حیران پھٹی پھٹی نگاہیں کچھ کہہ رہی تھیں۔ اس کے چمکدار بوٹ کی نوک سے کچھ پوچھ رہی تھیں اور جب کہیں بھی انہیں اپنے سوال کا جواب نہ ملا تو اس نے اپنی نگاہیں جھکا لیں اور ہراساں ہو کر زمین پر بیٹھ گئی۔ جیسے اس نے اس ذلیل مضافاتی اسٹیشن پر آدمیوں کو نہیں چٹانوں کا مانند دیکھا تھا۔

گاڑی اب دور سے نظر آ رہی تھی۔ اور اس کا جو ناشفاف آئینے کی طرح چمک رہا تھا اور اس نے صاف ستھرے چمکتے ہوئے جوتے کی نوک سے چھوتے ہوئے بھبل کو اک ٹھوکا دیا۔ بھبل ہڑبڑا کر اٹھ بیٹھا۔ گاڑی کا

آگئی۔ بھیل نے اپنے سر پر مُردہ مچھلیوں کا ٹوکرا رکھا۔ بغل میں مُردہ بچے کو دبایا۔ ہاتھ سے سسکتی ہوئی بیوی کو پکڑا اور تھرڈ کے ایک ڈبے میں گھُس کر بیٹھ گیا۔ اُس کی نگاہوں میں وہی وحشت تھی۔ لبوں پر وہی ہنسی۔

اور ــــ وہ ــــ فرسٹ کلاس کے نرم گدیلے پر بیٹھ کر بھی اک موہوم ساخطرہ محسوس کر رہا تھا۔ اُس کے بزدل ذہن میں لاکھوں کروڑوں ننگے بھوکے پیاسے بیمار آدمی اُبھر رہے تھے۔ گھستے چلے آ رہے تھے۔ اُس کے ذہن کے نرم نرم گداز گدیلوں پر بیٹھنے جا رہے تھے۔ اور اُس کی طرف دیکھ دیکھ کر ہنس رہے تھے۔ یہ ہنسی کیا ہے۔ یہ میرے گلے میں پھندا سا کیوں ہے۔ یہ کس کے ہاتھ آگے بڑھتے چلے آ رہے ہیں پھیلے پھیلے، بڑھے بڑھے لمبے لمبے ہاتھ، سوکھے سکڑے، سہمے سہمے ہاتھ، کمزور ہاتھ، قوی ہاتھ وحشی ہاتھ بزدل ہاتھ، دلیر ہاتھ، کالے ہاتھ، گورے ہاتھ، پیلے ہاتھ، کرنجی بدنما ہاتھ، ہاتھ ــــ جن پر زخموں کے نشان تھے۔ کوڑوں کے نشان تھے۔ ہل کی ہتھی کے نشان تھے مشین چلانے کے نشان تھے تبل کے نشان تھے۔ گولیوں کے نشان تھے ــــ ہاتھ ــــ جن پر انگلیاں نہ تھیں شکستہ بوڑھے ہاتھ ــــ جن پر نیلی وریدیں اُبھری ہوئی تھیں کلبلاتے ہوئے ٹھنٹھ، خوف سے لرزتے ہوئے لمبے لمبے ناخنوں والے ہاتھ جو ننگے تھے۔ اور خون آلود

تھے اور ناسوروں سے بھرے ہوئے تھے۔ اور اس پر ہنس رہے تھے۔ اُن کی خاموشی میں ایک مہیب گویائی تھی۔ اُن کے تاریک سایوں میں ایک عجیب گونج تھی۔ کسی خوفناک طوفان کی گونج...... اور یہ ہاتھ بڑھتے چلے آرہے تھے۔ آگے، اور آگے۔ قریب، اور قریب ......!

وہ چیخ مار کر صوفے پر سے اچھل پڑا۔ سامنے کی سیٹ پر ایک انگریز سپاہی اپنی سانولی محبوبہ سے جس نے ریشمی نیلا سا یہ پہن رکھا تھا اظہارِ محبت کر رہا تھا۔ انگریز سپاہی حیران ہو کر اُس کی طرف دیکھنے لگا۔

"کیا بات ہے جانی؟ ڈر گئے تھے کیا؟"

"ہاں میں واقعی ڈر گیا تھا۔" اس نے ڈرتے ڈرتے کہا۔

"کس سے؟"

"ابھی ابھی میں نے اک بھوت دیکھا تھا۔"

"بھوت؟ اس گاڑی میں؟" ساتھی نے پوچھا۔

"نانسنس!"

"نہیں سچ کہتا ہوں۔ بھوت تھا!"

"کس کا بھوت تھا؟" اس نے اپنی محبوبہ کی ترشی ہوئی زلفوں سے

کھیلتے ہوئے پوچھا۔

"تیسری جنگِ عظیم کا بھوت!" اس نے رُکتے رُکتے کہا۔

انگریز سپاہی اور اس کی سانولی محبوبہ کے چہرے فق ہو گئے۔ ڈبے میں سناٹا چھا گیا۔ موت کا سا سکوت، جیسے اب وہاں کوئی نہ تھا اور ایسا معلوم ہوا گویا ڈبے کے کسی کونے میں کھڑا ہوا وہ بھیل ابھی تک ہنس رہا ہے!

تین غنڈے

اس کا نام عبد الصمد تھا۔ وہ بھنڈی بازار میں رہتا تھا۔ محض اسی لئے بہت سے لوگ اسے غنڈہ کہتے تھے ـــــ ہو گا عبد الصمد کبھی غنڈہ گو اس بے چارے کو زندگی بھر یہ پتہ نہ چلا کہ وہ ایک غنڈہ ہے، بالعموم لوگوں کو اپنی زندگی میں اپنے بارے میں تھوڑا بہت معلوم رہتا ہے۔ مثلاً یہ کہ لوگ انہیں اچھا سمجھتے ہیں۔ یا بُرا۔ وہ شریف ہیں یا بدمعاش، عورتوں کو اپنی ماں بہن سمجھتے ہیں یا اپنی ہونے والی محبوبہ، وہ دیانت دار سمجھے جاتے ہیں یا جھوٹے، دروغ گو، فاسد یا امن پسند، انہیں کچھ نہ کچھ پتہ چلتا رہتا ہے اپنے متعلق۔ لیکن بیچارے عبد الصمد کو آج تک کمر میں گولی لگنے تک

پتہ نہ چلا کہ وہ ایک غنڈہ ہے، اسے گولی کیسے لگی یہ تو میں آپ کو بعد میں بتاؤں گا۔ اس وقت میں آپ کو یہ بتانا چاہتا ہوں کہ عبدالصمد ایک غنڈہ تھا۔ جو فائن آرٹ اینڈ پرنٹنگ ورکس میں کام کرتا تھا جو وزیر رستوران کے قریب ایک سرخ اینٹوں والی دو منزلہ عمارت میں واقع ہے اور جس کے سامنے ٹرام کا اڈہ ہے اور جو آج کل جل کر کوئلہ ہو چکا ہے ہندوستانی اور انگریزوں کی دیرینہ رقابت کی وجہ سے، اس لڑائی میں ہندوستانیوں کی ہزاروں جانوں کا نقصان تو ہوا ہی لیکن بے چارے انگریزوں کے کئی ہزار کارتوس مفت میں پھینک گئے۔

عبدالصمد اسی فائن آرٹ پریس میں ملازم تھا۔ لکھنو کے بھاری پتھر اٹھا کے مشین پر چڑھاتا تھا۔ یہ اس کا کام تھا۔ دوسرے مزدور تو مشکل سے ایک پتھر ایک وقت میں اٹھا سکتے تھے۔ لیکن عبدالصمد کے کام کرنے کا انداز یہ تھا۔ کہ پان کی پیک زور سے سامنے نالی میں پھینک کے ایک موٹی سی گالی دے کے وہ بیک وقت دو پتھر اٹھا لیتا اور انہیں جانِ عزیز کی طرح سینے سے لگائے ہوئے منیجر کی میز کے پاس سے گزر کر مسکرا کر ایک آنکھ میچ کر دل ہی دل میں منیجر کو ایک موٹی سی گالی دے کر وہ دونوں پتھر مشینوں

پر چمانے کے لئے جاتا۔ اور ہنس کر مشین میں سے کہتا۔ لو بیٹا بھیکے اب قلفی جماؤ مشین چلانے کو وہ قلفی جمانا کہتا تھا۔ دراصل اس کی اپنی زبان تھی جس میں وہ زندگی کے اہم موضوعات پر گفتگو کیا کرتا۔ جب مالک پریس میں آتا تو چپکے چپکے مزدوروں سے کہتا شیر آیا شیر آیا دوڑنا جب مالک نہ ہوتا اور منیجر زور سے چلانے لگتا۔ تو کہتا کام کرو۔ کرو کام سؤر کی اولاد۔ دیکھتے نہیں ہو گیدڑ کی بیوی کی بیوی رو رہی ہے۔ جب تنخواہ کا دن آتا تو کہتا۔ آج بیچارے کا چیٹم بجتا ہو گیا۔ یہ چیٹم بجتا کس زبان کا لفظ تھا۔ کہاں سے آیا تھا۔ اس نے کہاں سے سیکھا تھا۔ اس امر کو کوئی نہیں جانتا۔ یہ عبدالصمد کی زبان تھی۔ وہ اس کا مالک تھا اور اسے جس طرح چاہے استعمال کرتا۔ اسے کون روک سکتا تھا۔ زبان کے سلسلے میں اسے سب سے زیادہ عبور گالیوں پر تھا میں نے ایسا آدمی آج تک نہیں دیکھا کہ جو عبدالصمد سے بہتر گالی دے سکتا ہو۔ تیری ماں کے دودھ میں حکم کا یکہ۔ ایسی گالی کوئی شاعر ہی دے سکتا ہے اور گالیوں کے سلسلے میں عبدالصمد ایک شاعر تھا۔ حسن کار تھا۔ فصاحت، بلاغت کا بادشاہ تھا۔ جب گالی دیتا تو اس کے انداز میں ایک ایسی نفاست ہوتی اور زبان و بیان میں وہ روانی ہوتی کہ مجھے ہندوستان کے بہترین

سیاست دان یاد آجاتے جو اکثر باتیں زیادہ کرتے ہیں اور کام کم کرتے ہیں۔ لیکن عبدالصمد میں یہ ایک خاص بات تھی کہ وہ باتیں بہت کرتا تھا تو کام بھی بہت اچھا کرتا تھا۔ پریس کے منیجر کو وہ اپنی بدزبانی کی وجہ سے ناپسند تھا لیکن کام اتنا اچھا کرتا تھا کہ وہ اسے پریس سے نکالنا نہ چاہتا تھا۔ یہ عجیب بات ہے اور ممکن ہے آپ نے بھی اس کا مشاہدہ کیا ہو کہ جتنے غنڈے ہوتے ہیں، کام کرنے میں اپنا جواب نہیں رکھتے۔ سب سے اچھے مزدور بھی غنڈے ہوتے ہیں۔ کس قدر عجیب بات ہے۔ ہے نا!

عبدالصمد ایک اچھا مزدور تھا۔ اور اگر اس میں بات بات پہ گالی بکنے اور بلا وجہ لوگوں پر ہنسنے کی عادت نہ ہوتی تو وہ ایک اچھا آدمی بھی ہوتا۔ ہاں وہ ہر وقت پان کھاتا تھا جس سے اس کے بڑے بڑے دانت اور بھی کریہہ معلوم ہوتے تھے۔ گالی بکنے میں اسے وہ کمال حاصل تھا کہ بڑے بڑے ادیبوں کو عمر بھر کی محنت کے بعد بھی وہ طرز انشا نصیب نہیں ہوسکتا اور ہنسی، اس کی ہنسی سب سے بڑی تھی۔ بات دار، گونجدار بلند و بالا ہنسی جو پریس کی تاریک عمارت اور خاص کر جس کمرے میں وہ

کام کرتا تھا۔ اس کے لئے قطعی طور پر ناموزوں تھی۔ یہ ہنسی یاد دلاتی تھی۔ پہاڑوں کی جہاں صنوبروں کے جنگل کھڑے ہیں۔ وسیع میدانوں کی جہاں میلوں تک گیہوں کے کھیت کھڑے ہیں، تاروں بھری رات کی جب سب سو جاتے ہیں۔ اور رات کی رانی اس افق سے اس افق تک زلفیں پھیلائے سورج کی کرنوں کا انتظار کرتی ہے۔ یہ ہنسی جو گویا سمندر کا سینہ چیر کے نکلی تھی اور ساری دھرتی پر پھیلتی جارہی تھی۔ انسان کی ہنسی نہیں کسی دیو کی ہنسی معلوم ہوتی تھی۔ کرخت، بری، گندی، ابھری ہوئی، بڑھتی ہوئی یہ پریس کی محدود تاریک چار دیواری کے لئے قطعی ناموزوں تھی۔ اس پر بھی عبدالصمد کمشر ہنستا رہتا تھا۔ گالی بکتا رہتا تھا۔ اور منیجر کے سامنے لبنفو کے پتھر اٹھائے اکڑتا چلا جاتا تھا —— غنڈا!

میں نے پہلی بار اسے فائن آرٹ پریس میں دیکھا تو ایک سخت کراہیت اور نفرت کا احساس میرے دل میں پیدا ہوا۔ جے جے ہسپتال کے شاف کے لوگ اک "محفلِ رقص و سرود" منعقد کرنا چاہتے تھے۔ اور میں اس کنسرٹ کا پروگرام شائع کرانے کے لئے پریس میں آیا تھا۔ یہاں میں نے عبدالصمد کو پہلی بار دیکھا۔ آپ بڑے ٹھسّے سے کمر پر ہات رکھے کھڑے ہے

تھے۔ "وہ لیتھو کا پتھر مجھ سے ٹوٹ گیا منیجر صاحب۔"

"کیسے ٹوٹ گیا؟"

"یہ کیسے بتاؤں بس ہاتھ سے چھوٹ گیا اور دو ٹکڑے ہو گیا۔ دیکھیے اس مادر چود پتھر کو آج ہی ٹوٹنا تھا۔ دو سال ہو گئے مجھے اس حرامی پریس میں کام کرتے ہوئے۔ دیکھیے کبھی ایسی واردات نہیں ہوئی۔" یہ کہہ کر آپ نے سر کھجایا اور سر سے ایک جوں نکال کے اسے اپنے ناخنوں کی چکی میں پیستے ہوئے بولے۔ "ہٹ تیری جوں کے منہ میں سور کے کباب۔"

منیجر بولا۔ "سیدھی طرح بات کرو۔"

"سیدھی طرح تو کہہ رہا ہوں جناب منیجر صاحب۔ لیتھو کا پتھر ہم سے ٹوٹ گیا۔ معافی چاہیئے۔" یہ کہہ کر ہنسنے لگا۔ گویا معافی مانگنا اسے عجیب سا لگ رہا تھا۔ اس کے دانت اور اس کے مسوڑھے بلکہ اس کا حلق اور تالو تک مجھے نظر آ رہا تھا۔ میں ذرا پرے ہٹ گیا۔ کیونکہ اس کے جسم سے ایک عجیب قسم کی بو آتی تھی۔ ہر غنڈے کے جسم سے بو آتی ہے زمین کی بو، پسینے کی بو اور پیاز کی بو۔ اور گو اس کا جسم بدبودار تھا۔ اس کا دل بدبودار نہیں تھا جس طرح اس کی چھوٹی چھوٹی سیاہ شریر آنکھیں گھنے

ابرؤوں کے نیچے چمکتی تھیں۔ اس میں کوئی بدبو نہ تھی۔ دس تاریخ کو جب اسے تنخواہ ملتی اور وہ منیجر صاحب کی طرف تشکر آمیز نگاہوں سے دیکھتا ایسی نگاہیں جن میں تشکر کے علاوہ حیرت ہوتی اور ایک ایسا جذبہ جیسے وہ نگاہ کہہ رہی ہے۔ تو منیجر نہیں ہے تو میرا بھائی ہے۔ ہم دونوں انسان ہیں۔ اس جذبے میں بھی کوئی بدبو نہ تھی اور اس کی مسکراہٹ، غلیظ مسکراہٹ جس میں بریس کا پینٹ اور مشینوں کا آئیل گھلا ہوا تھا۔ اس میں بھی کوئی بدبو نہ تھی۔ لیکن اس کا جسم بدبودار تھا۔ اس کے مسوڑھے غلیظ تھے۔ اس کی باہوں کے مسل پھولے ہوئے تھے۔ اور وہ گالی بکتا تھا۔ اور ہر وقت لڑائی کے لئے آمادہ رہتا تھا۔ وہ غنڈہ تھا۔ غنڈا۔ اور جب منیجر نے اسے اس طرح ہنستے ہوئے معافی مانگتے ہوئے دیکھا اور وہ بھی ایک غیر آدمی کے سامنے، تو اس کے دل میں غیظ و غضب کا اک طوفان امڈ آیا اور اس نے ہات میں لکڑی کا رول لے کر میز پر زور سے مارا اور عبدالصمد کو بلند آواز میں گالی دے کے کہا۔ کہ وہ کبھی اس کا قصور معاف نہیں کریگا لیتھو کا پتھر بہت مہنگا ہے۔ تمہیں معلوم نہیں ہے۔ یورپ سے آتا ہے جو جرمنی میں واقع ہے۔ تمہیں معلوم نہیں ہے۔ اور آج کل بڑی مشکل سے

دستیاب ہوتا ہے۔ کیونکہ جرمنی کو اتحادیوں نے شکست دے دی ہے تمہیں معلوم نہیں ہے۔ آج کل پتھر بڑی مشکل سے ملتے ہیں۔

عبدالصمد نے جواب دیا "مجھے سب معلوم ہے۔ پتھر تو ہندوستان میں ہی آتے ہیں کہ ایک پوری فوج پتھر مار مار کے ہندوستان سے باہر نکالی جا سکتی ہے۔ پتھر تو ملتا ہے نیجر صاحب لیکن روٹی نہیں ملتی۔ گالی کے بغیر بے عزتی کے بغیر نیجر صاحب اور یہ تو آپ جانتے ہیں کہ گالی دینے میں آپ میرا مقابلہ نہیں کر سکتے۔ اور یہ کہہ کر عبدالصمد نے جو نیجر کی ماں کے دودھ میں حکم کا بکھیرنا شروع کیا تو سارے پریس والے اس کے گرد جمع ہو گئے۔ نیجر نے بڑی مشکل سے گلو خلاصی کرائی۔ عبدالصمد نے کہا: گھر رکھو اپنے پتھر، عبدالصمد۔ عبدالصمد ہے۔ اس کا چشم لبنا نہیں ہو سکتا۔ پتھر ٹوٹ گیا تو ہم کیا کریں۔ اپنے چشم چونڑ کاٹ کے رکھ دیں پریس میں واہ نیجر صاحب اور اوپر سے گالی دیتے ہو۔ ہم کام نہیں کریں گے کبھی کام نہیں کریں گے۔ اس سالے پریس میں۔ ہم ابھی چلے جاتے ہیں۔ فوراً اسی وقت چلے جاتے ہیں۔" عبدالصمد دیر تک اسی طرح بکتا جھکتا رہا۔ لیکن پریس چھوٹ کے گیا نہیں۔ اس معاملے میں اس کی

سیاست انگریزوں سے ملتی جلتی ہے۔ جو ہمیشہ ہندوستان کو چھوڑ کر جانے کی دھمکی دیتے رہتے ہیں لیکن کمبخت جاتے نہیں۔ خیر وہ خود نہیں گیا، تو دوسرے روز منیجر نے پریس کے مالک سے کہہ سُن کے عبدالصمد کو وہاں سے نکلوا دیا۔ یہ فساد سے دو دن پہلے کا واقعہ ہے۔ میں نے اگلے روز عبدالصمد کو دیکھا کہ سڑکوں پر اور بھنڈی بازار کے مختلف راستوں پر اور دوسرے غنڈوں کے ساتھ مل کے شور و واویلا کرتا تھا اور ہڑتال کرا رہا تھا ایک جگہ سٹر چندریگر جو مسلمانوں کے بہت بڑے لیڈر ہیں تقریر کر رہے تھے۔ ہمیں اس ہڑتال میں، اس فساد میں، اس جھگڑے میں کوئی حصّہ نہیں لینا چاہیے۔ یہ سب کانگریس کی شرارت ہے۔ تو اس وقت بھی عبدالصمد اور اس کے ساتھی غنڈوں نے شور مچا کر اس امن پسند لیڈر کی ایک نہ چلنے دی اور "جے ہند" اور "ہندوستانی جہازی ہڑتال زندہ باد" کے نعرے لگا لگا کے اسے جلسے سے باہر کر دیا اور پھر میں نے سنا کہ ان لوگوں نے ہڑتال کی اور ٹرامیں اور ٹرام کے شیڈ جلا دیئے اور ان تمام کاموں میں عبدالصمد بھی شامل تھا۔ لیکن ان باتوں کا مجھے بعد میں پتہ چلا چندریگر کی میٹنگ کے بعد میں نے عبدالصمد کو جے جے ہسپتال میں دیکھا۔ گولی اس کی پیٹھ میں کمر کے پاس لگی

تھی اور پیٹ پھاڑ کے باہر ہو گئی تھی۔ کمر کے پاس ایک چھوٹا سا سوراخ تھا۔ جہاں گولی اندر داخل ہوئی تھی۔ اور دوسری طرف پیٹ میں ایک بہت بڑا زخم تھا جو ہزاروں چھرّوں سے پیدا ہوا تھا۔ یہ کارتوس ڈم ڈم والی گولی والا کارتوس نہ تھا جو گذشتہ غدر میں استعمال کیا گیا تھا۔ یہ ایک نیا کارتوس تھا نیا اور خوفناک جو جسم کے اندر جا کے پھیل جاتا ہے۔ اور سینکڑوں چھوٹے چھوٹے زخم پیدا کر سکتا ہے۔ مارنے کو تو انسان کو یوں بھی ایک معمولی سے کارتوس سے مارا جا سکتا ہے۔ لیکن غنڈوں کے لئے اس قسم کا کارتوس ذرا اچھا رہتا ہے۔ ہمارے ہاں یہ کارتوس سؤر کے شکار کے لئے استعمال ہوتے ہیں۔ خیر غنڈے تو سؤر سے بدتر ہوتے ہیں۔ اچھا ہوا عبدالصمد مر گیا۔

عبدالصمد مر گیا اور اس کی لاش میرے سامنے پڑی تھی۔ عمر چوبیس سال۔ ذات راجپوت۔ مذہب مسلمان۔ غیر شادی شدہ آنکھوں کی چمک مردہ، لبوں کی ہنسی مردہ۔ زندگی بخش گالی مُردہ۔ ہر چیز کا گلا گھونٹ دیا گیا تھا اور وہ میرے سامنے ہاتھ پھیلائے، منہ کھولے۔ مردہ پڑا تھا۔ ایک طعنہ، ایک تاریک مستقبل۔ ایک خاموش گالی۔ اور اس کی ماں اپنی چھاتی دو ہتڑ کوٹ رہی تھی اور بین کر رہی تھی اور ہسپتال کے باہر خیمے میں

بیٹھے ہوئے سپاہیوں کی طرف اشارہ کرکے کہہ رہی تھی۔ میرے بیٹے نے ان ظالموں کا کیا بگاڑا تھا۔ میرا بیٹا کیوں مرگیا۔ کیوں گولی اسے لگی۔ اس نے کسی کا کیا بگاڑا تھا۔ وہ تو گلی میں بھاگتی ہوئی ایک چھوٹی سی اینگلو انڈین لڑکی کو بچانے کے لئے باہر نکلا تھا۔ اور کسی نے اس کی پیٹھ میں گولی مار دی۔ لڑکی بچ گئی۔ لیکن میرا جوان — ہونہار بیٹا۔ ڈاکٹر! میرا بیٹا اس جہان میں نہیں ہے۔ وہ کیوں مارا گیا۔ ڈاکٹر خدا کے لئے مجھے بتاؤ وہ کیوں مارا گیا۔

اس لئے کہ وہ ایک غنڈہ تھا۔ میں نے آہستہ سے کہا۔ اور اس کا منہ کپڑے سے ڈھک دیا اور دوسری لاش کی طرف متوجہ ہوگیا۔

دوسرے غنڈے سے میری ملاقات ایک بنیئے کے گھر پر ہوئی سینڈھرسٹ روڈ جسے گندے سنڈاس روڈ کہتے ہیں۔ بڑے بڑے بنیوں کا مسکن ہے۔ یہیں پدم سی سیٹھ بھی رہتے ہیں۔ پدم سی سیٹھ جے جے ہسپتال کے ڈاکٹروں میں بہت مقبول ہیں۔ کیونکہ آپ سو روپے پر ایک سو بیس روپے سود لیتے ہیں۔ اور سارا معاملہ نہایت خاموشی سے طے کرتے ہیں۔ پدم سی سیٹھ کا چہرہ بچوں کی طرح بھولا نظر آتا ہے۔ مسکراہٹ گھی میں چپڑی ہوئی

معلوم ہوتی ہے۔ اور لب و لہجہ میں راشن کے باوجود اتنی شکر گھلی ہوئی ہے کہ چور بازار کا شبہ ہوتا ہے۔ پدم سی سیٹھ میرے بہت اچھے دوستوں میں سے ہیں۔ اس لئے کہ مجھے قرض کی اکثر حاجت رہتی ہے۔ اور جو دوست مجھے روپیہ قرض نہ دے۔ میں ذرا اسے دوست کم مانتا ہوں اور پھر پدم سی سیٹھ کوئی زیادہ سود نہیں لگاتے۔ سو روپے پر صرف ایک سو بیس روپے۔ اور پھر وہ بھی بغیر ضمانت کے۔ اب بتائیے اس سے اچھا سودا ہندوستان سے باہر کہاں ہو سکتا ہے۔ آج بھی جب میں غنڈوں سے بچتا بچاتا سینڈہرسٹ روڈ پر پدم سی سیٹھ کے مکان پر پہنچا تو انہوں نے میری بڑی آؤ بھگت کی۔ وہ مجھے کبھی نہیں ٹالتے ہمیشہ روپیہ دے دیتے ہیں۔ یہ تو انہیں معلوم ہے کہ میں جے جے ہسپتال میں ڈاکٹر ہوں۔ اور مجھے روپیہ کی ضرورت رہتی ہے۔ اور روپیہ مع سود ادا بھی کر دوں گا۔ انہیں میرے عشق کا پورا حال معلوم ہے۔ وہ اس نرس کو بھی جانتے ہیں جو اس قدر خوبصورت اور مہنگی ہے۔ کہ اس کے لئے ایک کنوارے نوجوان ڈاکٹر کو ایک سو بیس روپے سیکڑہ سود دینا پڑتا ہے ہندوستان میں ایک تو عشق بہت مہنگا ہے۔ اور پھر خلافِ قانون

بھی ہے۔ سماج نے اور سیاست اور حکومت نے محبت کو خلاف قانون قرار دے رکھا ہے۔ آپ کسی انسان کو قتل کر سکتے ہیں۔ مگر اس سے عشق نہیں کر سکتے۔ اگر آپ کسی لڑکی سے کہنا چاہیں مجھے تم سے عشق ہے۔ تو وہ فوراً جواب دیتی ہے۔ کیوں کیا تیرے گھر ماں بہن نہیں ہے۔ گویا اس ملک میں عشق صرف ماں بہن تک محدود ہے۔ اس کے بعد بھی اگر آدمی عشق کرنے کی جرأت کرے تو جوتی کھاتا ہے۔ پٹتا ہے یا گولی کا شکار ہوتا ہے! اس لئے کہ ہندوستان محبت کرنے کی نہیں نفرت کرنے کی جگہ ہے۔ یہاں انسان انسان سے محبت نہیں کرتا ہے۔ نفرت کرتا ہے۔ لوگ حکومت سے، حکومت لوگوں سے ماں باپ بیٹوں سے۔ بیٹے ماں باپ سے نفرت کرتے ہیں، گھر میں، بازار میں، کارخانوں میں، دفتروں میں نفرت کا راج ہے، کانگرسی، لیگی، سوشلسٹ ایک دوسرے کو کاٹنے کو دوڑتے ہیں! انہیں جتنی نفرت ایک دوسرے سے ہے، اتنی اجنبی حکومت سے نہیں جس کے یہ سب غلام ہیں، ہندوستان ایک صحرائے نفرت ہے۔ جس میں کہیں کہیں محبت کے نخلستان نظر آتے ہیں۔ اور یہ نخلستان، نرسوں دیہاتی لڑکیوں اور فلم سٹاروں اور عدم تشدد کے حامیوں نے اگائے ہیں —

چاروں طرف نفرت کی ریت ہے۔ معلوم نہیں کیا وجہ ہے۔ شاید اس ملک کی آب وہوا یہی ہے۔ بیچارے پدم سی سیٹھ بھی اسی آب وہوا میں رہتے ہیں۔ اس لئے ہر ایک آدمی سے نفرت کرتے ہیں۔ اگر اس نفرت میں کوئی شامل نہیں ہے تو وہ ان کی چھوٹی بیٹی ــــ شانتا ہے۔ شانتا ایک پتلی دبلی 9 سال کی گجراتی لڑکی ہے۔ جس کو خدا نے نہ خوبصورتی دی ہے نہ ذہانت پتلی پتلی ٹانگیں، میلے فراک سے باہر نکلتی ہوئیں پتلی پتلی باہیں۔ سوکھا سوکھا سا منہ جیسے پیاس کبھی بجھی ہی نہیں، ہر وقت چلاتی رہتی ہے اور منہ میں مٹھائی ٹھونستی رہتی ہے۔ اس قدر پھوہڑ، بدمذاق، بدصورت لڑکی ہے کہ معاذ اللہ دیکھ کے متلی ہوتی ہے۔ مجھے ایک تو بچوں سے یونہی نفرت ہے۔ کمبخت جب دیکھو یوں ہی بلا سوچے سمجھے چلاتے رہتے ہیں۔ کبھی کرسی پکڑ کر ہلا رہے ہیں۔ تو کبھی آپ کا کوٹ کھینچ رہے ہیں، کبھی تھرمامیٹر پر ہات مارتے ہیں تو کبھی دیوار پھاندنے کی کوشش کرتے ہیں۔ اور پھر ایسی بچی جسے ایک پل قرار نہ ہو۔ جس کی آواز بھی تیز اور کرخت ہو۔ اور جس کے لبوں سے ہر وقت جلیبی کی رال بہتی ہو۔ اور جس کا باپ مجھ سے ایک سو بیس روپے سود لیتا ہو، آپ اس لڑکی سے میری محبت اور شفقت کا اندازہ کر سکتے ہیں۔ خیر تو

اس روز جب میں وہاں پہنچا ہوں تو شانتا کمرے میں موجود تھی اور ادھر سے
اُدھر اور اس کمرے سے اس کمرے میں اچھل رہی تھی اور چلا رہی تھی اور جلیبیاں
کھا رہی تھی۔ پدم سی سیٹھ نے اسے ڈانٹا اور کہا "دوسرے کمرے میں بیٹھ جا۔
دیکھتی نہیں ہے، ڈاکٹر صاحب تشریف لائے ہیں" تو شانتا بسورتی ہوئی اور
دل ہی دل میں مجھے گالیاں دیتی ہوئی اور شکایتی نگاہوں سے مجھے گھورتی ہوئی
کمرے سے باہر نکل گئی۔ بلپ نے اسے جاتے دیکھ کر پھر کہا "اور ہاں
دیکھ بلسہر نہ جانا بٹیا باہر دنگا ہے" پھر انہوں نے بہی کھولی اور ریشم کی
طرح ملائم آواز میں بولے "آپ کو کتنے روپے چاہئیں ڈاکٹر صاحب"
میں نے کہا "آج تو میں اپنی آخری قسط ادا کرنے آیا ہوں۔ فی الحال مجھے
روپے نہیں چاہئیں کیونکہ نرس سے میری لڑائی ہو گئی ہے۔ اس لئے میرا
عشق ختم سمجھئے" وہ ہنسے "تو رسید کاٹ دوں" میں نے کہا "ہاں لائیے
میں بھی دستخط کئے دیتا ہوں چنانچہ رسید کاٹ دی گئی اور دستخط ہو گئے
اور رات شام واپس چل گیا اور پھر میں سگریٹ اور وہ بیڑی پینے لگے اور ہونے
لگیں جہان بھر کی باتیں۔ روئی کا بھاؤ مندا ہے اور سونے چاندی کا دھندا
ہے اور سٹاک، ایکسچینج گندا ہے اور گلے میں انگریزوں کا پھندا ہے۔ اور

"ہم تو ڈاکٹر صاحب رام آپ کا بھلا کرے بہت بُری طرح پھنسے ہیں۔ یہ سٹرلنگ بیلنس" میں نے کہا۔ جی ہاں یہ سٹرلنگ بیلنس ہی تک معاملہ رہتا تو غنیمت تھا۔ لیکن سیٹھ صاحب سٹرلنگ بیلنس کی انہوں نے ایک اور شق نکالی ہے اسے Carotid Artery کہتے ہیں۔"

"کیرا ٹڈ آرٹری کیا ہے؟"

"کیرا ٹڈ آرٹری کے ساتھ اینٹی فی بین ہائی بوکا کائی جرمنی سائیڈل لگ کے ساتھ ہیں اس کو Anti Septic بھی کر دیا ہے۔ سیٹھ صاحب تاب نے

سیٹھ صاحب چونکے "تب تو معاملہ بہت ٹیڑھا ہے۔"

میں نے کہا "جی ہاں انگریزی اخبار میں سب آیا ہے آپ نے پڑھا نہیں۔"

سیٹھ صاحب بولے۔ "جی نہیں۔ میں تو جنم بھومی پڑھتا ہوں۔ یہ تو اچھا ہوا آپ نے بتا دیا۔ ایک تو یہ فساد شروع ہے۔ جہازیوں نے ہڑتال کر رکھی ہے۔ غنڈہ گردی ہو رہی ہے۔ اور اُدھر سے یہ اینٹی سپٹک آپ نے بتا دیا۔ میں تو صاحب چور بازار میں جتنا روپیہ لگا رکھا ہے، اب نکالتا ہوں۔"

اتنا کہہ کے سیٹھ صاحب نے کروٹ بدلی۔ تو نیچے گلی میں کار نوس

دغنے کی بار بار آواز آتی۔ بولے دیکھا آپ نے ہڑتال کرنے سے یہ ہوتا ہے۔ یہ غنڈے بدمعاش امیر لوگوں کو لوٹنا چاہتے ہیں۔ ڈاکٹر جی کلجگ آگیا ہے۔ یہ غنڈے بدمعاش امیر لوگوں کو لوٹنا چاہتے ہیں۔ کارخانے جلانا چاہتے ہیں۔ شہر کو تباہ کرنا چاہتے ہیں۔ ڈاکٹر جی کلجگ آگیا ہے۔ کلجگ دھرم کا بیج نہیں۔ اس دھرتی پر۔

میں نے کہا۔"آپ بالکل سچ کہتے ہیں۔"

اتنے میں پھر گولی چلنے کی آواز آئی اور گلی میں آہ وبکا کی صدا بلند ہوئی اور بچوں کی چیخیں سنائی دیں۔ہم بھاگے بھاگے کھڑکی کی طرف گئے اور نیچے جھانک کر دیکھا تو یکایک سیٹھ نے چیخ ماری اور پھر دھڑا دھڑ سیڑھیاں نیچے اترنے لگے۔ میں ان کے پیچھے آرہا تھا۔ کوئی خاص بات نہ ہوئی تھی۔ ہوا یہ تھا کہ گلی کے بچے پولس والوں سے آنکھ مچولی کھیلتے تھے یہ لوگ چھپ کے گلی کے دوسرے کونے میں چلے جاتے اور وہاں سے پولس والوں پر جے ہند کے نعرے کستے اور ان پر کنکر پتھر کے چھوٹے چھوٹے ٹکڑے پھینکتے اور جب وہ پولس والے ان کو ڈرانے اور ان کا تعاقب کرنے تو یہ پیچھے بھاگ کے ہنستے کھیلتے خوشی سے تالیاں بجاتے ہوئے

گلی کے دوسرے نکڑ پر جا کھڑے ہوتے اور وہاں بھی اسی طرح پولس والوں سے کھیل کھیلنے بڑا دلچسپ مشغلہ تھا اور یہ بچے دن بھر اسی طرح مشغول رہتے تھے کوئی دوسرا ملک ہوتا تو ان بچوں کی یہ شرارت کھیل سے تعبیر کی جاتی۔ زیادہ سے زیادہ یہ ہوتا کہ پولس کا سپاہی کسی شریر بچے کے کان کھینچ دیتا۔ دیکھ بیٹا آئندہ سے ایسا مت کیجو اور معاملہ وہیں ختم ہو جاتا۔ لیکن یہاں کا تو باوا آدم ہی نرالا ہے اس ملک میں محبت نہیں نفرت کا راج ہے۔ اس لئے پولس والوں نے ملٹری کو مدد کے لئے بلا لیا اور سینڈھرسٹ روڈ پر آنکھ مچولی کا وہ دلچسپ کھیل شروع ہوا جو تاریخ میں ہمیشہ یادگار رہے گا، بچے جب حسب معمول چیختے چلاتے کنکر پھینکتے گلی کے نکڑ پر پہنچے تو یہاں گولیوں سے ان کا استقبال کیا گیا۔ اور پھر وہ جب یہاں سے ہٹ کے دوسرے نکڑ پر پہنچے تو وہاں بھی گولیوں سے ان کی آؤ بھگت کی گئی۔ شکر کی گولیوں سے نہیں۔ کارتوس کی گولیوں سے جب بچے زخمی اور جاں بلب ہو کے وہاں سے بھاگے اور گلی کے تیسرے ناکے کی طرف چلے تو وہاں بھی آنکھ مچولی کھیلنے والے سپاہی بیٹھے تھے، دھڑا دھڑ گولیاں چلیں اور پھر اس کے بعد یکلخت سناٹا ہو گیا۔ چاروں طرف خاموشی۔ کھیل ختم ہو گیا تھا۔ اب جے ہند کہنے والا کوئی نہ تھا۔ سپاہی چلے گئے۔ پھر

یکایک لوگ گلی میں گھس آئے اور اپنے زخمی اور مُردہ بچوں کو اٹھانے لگے۔ اور مائیں اور بہنیں، بھائی اور باپ دھاڑیں مار مار کے رونے لگے۔ پدم سی سیٹھ نے اپنی زخمی شانتا کو اٹھالیا اور ہم دونوں مل کے اسے اوپر کمرے میں لے آئے۔ پدم سی دھاڑیں مار کر رو رہا تھا۔ شانتا! میں نے تجھ سے کہا تھا باہر نہ جانا باہر نہ جانا، کبھی نہ جانا۔ وہ طوطے کی طرح رٹ رہا تھا اور ہاتھ ملتا جا رہا تھا۔ اور وہ بدصورت گجراتی بچی "جے ہند" کہتے ہوئے مر رہی تھی اور اس کے منہ سے لہو اُبل رہا تھا۔ اس کے منہ سے اس کی باہوں سے اس کے سینے سے لہو نکل رہا تھا۔ اس کا جسم اپنے لہو کے رنگ میں رنگا گیا۔ سرخ رنگ۔ لال اوڑھنی۔ ماتھے کا سیندور، وہ نو سال کی بچی آج بیاہی جا رہی تھی ننھی معصوم دلہن، اس رنگ نے گویا اس کی بدصورتی غائب کر دی۔ اس کا چہرہ خوبصورت تھا اس کی باہیں گول اور گداز اور چھاتی ماں کے دودھ سے بھاری، اے بن بیاہی دلہن آج تیری مانگ میں شہیدوں کا لہو ہے تیری بڑی بڑی آنکھوں میں اجڑے وطن کا سہاگ ہے۔ تیرے تر سے ہوئے لبوں پر جے ہند کا نغمہ ہے۔ آج تو نے ملک کو اپنی زندگی کی آخری قسط ادا کر دی اور اپنے خون سے رسید لکھ کر دے دی ہے اے ننھی غنڈہ لڑکی

تیری موت آج ہم سب پر بھاری ہے اور میں نہیں جانتا کہ کیا کروں. کس طرف دیکھوں. کس کو بلاؤں. کس کو یاد کروں. کیوں کہ زمین پاؤں تلے سے نکلی جارہی ہے اور تیرے وطن کے بڑے آدمیوں نے تجھ سے غداری کی ہے اور تیرا لہو انتقام کے لئے پکار رہا ہے۔

گجراتی لڑکی مر گئی. ایک دو سسکیاں. جیسے مند کا ادھ ختم ہوتا ہوا نغمہ، اور پھر اس کا خون پگھلے ہوئے یاقوت کی طرح فرش پر بکھر گیا. مجھے فضا کی خاموشی یاد ہے. جیسے ساری کائنات رو رہی ہو. مجھے وہ نگاہ یاد ہے. جیسے ہزاروں برچھیاں ایک ساتھ دل میں کھبی جارہی ہوں. گجراتی لڑکی مر گئی اور اس کے ساتھ اس کا ہونے والا شوہر مر گیا اور اس کے خوبصورت بچے مر گئے .... زندگی اور اس کی تخلیق اور اس کی ساری کی ساری خوبصورتی مر گئی۔

کیا ہونا چاہیئے کیا کرنا چاہیئے. یہ سب کچھ میں نہیں جانتا. اتنا جانتا ہوں کہ وہ نغمہ اور وہ پکار اور وہ آہنگ جس میں اس بچی کا خون گھلا ہوا ہے کبھی مر نہیں سکتا. اتنا جانتا ہوں کہ جب کوئی گیت، کوئی چیخ، کوئی تبسم یوں کسی کے خون سے رچ جائے تو پھر وہ کبھی نہیں مرتا. وہ گلے میں پھندا بن

کے رہتا ہے۔ دل میں ناسور بن کے چبھتا ہے اور رُوح میں کانٹا بن کر کھٹکتا ہے
اسے غنڈہ کہنا آسان ہے، اسے بھول جانا ممکن نہیں ہے۔

(۳)

تیسرا غنڈہ جو مجھے ملا، وہ سکھ تھا۔ وہ اپنی زندگی میں نہیں بلکہ اپنی موت کے بعد مجھ سے ملا۔ اس نے ایک شلوار پہن رکھی تھی اور ایک نیلی دھاری دار قمیص اور اس کے چہرے پر گولی کے نشان کے سوا اور کوئی نشان نہ تھا۔ اس کا گندمی چہرہ خاموش تھا۔ خاموش اور ظفریاب اور اس کی چھوٹی بھوری داڑھی میں ریشم کی ملائمت تھی۔ اس کے خدوخال حسین تھے اور زمین کی طمانیت لئے ہوئے اس کے چہرے سے مجھے جاٹوں کے وہ گاؤں یاد آ گئے جس میں دھرتی سونا اگلتی ہے۔ جہاں سونے کی عورتیں اپنی سیاہ غزالی آنکھوں میں وحشی محبت کا خمار لئے ہوئے پنگھٹ پر کھڑے ہو کر پردیسیوں کو پانی پلاتی ہیں۔ جہاں نہر کے کنارے لانبی لانبی دریائی گھاس ہوتی ہے۔ اور نہر کے پرے گیہوں کے خوشے سرسراتے ہیں اور خوشوں سے اُوپر نیلا آسمان، ہنستا ہوا آسمان اور اُوپر اور بلند ہوتا جاتا ہے۔ ایک بھولا ہوا خواب ایک پُراسرار حقیقت، اچانک مسرت، یہ سب کچھ اس نوجوان سکھ کے چہرے

پر نظر آرہا تھا۔ اس کی قمیص کی جیب میں ایک نامکمل خط تھا۔ یہ خط اس نے شاید صبح لکھنا شروع کیا تھا۔ پھر وہ اسے مکمل نہ کرسکا۔ کیونکہ صبح ہوگئی اور پھر اس کی زندگی کی شام آگئی۔ اور اس کی آنکھوں کی بینائی اور اس کے ہونٹوں کی گویائی اور اس کے ہاتھوں کی طاقت اس سے چھن گئی۔ گنڈہ مرگیا۔ اس کا مجھے افسوس نہ تھا۔ افسوس اس خط کے نامکمل ہونے کا ہے یہ خط گورمکھی میں تھا اس کا ترجمہ تو میں نہیں کرسکتا۔ کوئی کسی کی روح کا ترجمہ کیسے کرسکتا ہے۔ اس لہجے کا۔ اس زبان کا۔ اس طرز ادا کا۔ جو شخصیت ہے۔ پھر بھی جیسا بُرا بھلا مجھ سے ہوسکا یہاں درج کرتا ہوں

"میری ماں جی۔ ست سری کال۔ واہگورو کی کرپا سے میں یہاں خیریت سے ہوں اور خیریت آپ کی واہگورو مہاراج کی کرپا سے لکھنا مجھ کو بہت جلدی، اپنے کو ابھی کوئی ٹھکانا نہیں ملا ہے اور کوئی کام کاج بھی ہے نہیں۔ شہر بمبئی کے بیچ میں دنگا ہے۔ اور ہندو مسلمان ایک ہے واہگورو کی کرپا سے فکر نہ کرنا۔ تیرا بیٹا جرور نوکری حاصل کرے گا تجھ کو روپے بھیجے گا۔ اپنی اچھڑی بہن کی شادی کرے گا۔ اور اس بان چھ ڈھور کے نیچے بننے کا سو دیکھی دے گا۔ میری ماں جی بدکلامی پہ ہم کو ماپھ کرنا۔

کلال چند بنئے کا نام لیتے ہی تیرے بیٹے کو غصہ آجاتا ہے۔ ادھر ابھی میں کرپال سنگھ ڈرائیور کی لاری میں سوتا ہوں اور روز صبح اس کی لاری دھوتا ہوں۔ جگجیت سنگھ کو بولنا کہ وہ بہن بنتو کا بیاہ اس بھین یا دے منوہر سنگھ سے نہ کرے نہیں تو اس کی جان مار دوں گا۔ جب مجھ کو نوکری ملتی ہے تو ایک دم آکے خود بنتو کو بھگا کے لے جاؤں گا میری ماں جی وہ تمہاری بہو۔ اچھی بہورن کے خدمت کرے گی۔ اور ......"

اس سے آگے خط کچھ نہیں کہتا۔ ہاں جو لوگ اس سکھ نوجوان کی لاش کو ہسپتال میں لائے تھے وہ کہتے تھے کہ اس نوجوان نے میری کیڈ پر اپنی جان دی ہے۔ وہ گرانٹ روڈ والے جلوس کے آگے آگے پگڑی سنبھالے چلتا والا گیت گا رہا تھا اور بے فکری سے آگے بڑھ رہا تھا اور جب اسے گولی لگی جب بھی گیت گا رہا تھا اور بے فکری سے آگے بڑھ رہا تھا۔ اور جب اسے گولی لگی جب بھی گیت گا رہا تھا۔ اس کے ہاتھ میں کانگرس اور لیگ دونوں جماعتوں کے جھنڈے تھے۔ دائیں بائیں انہیں لہراتا ہوا وہ آگے بڑھتا گیا۔ گولیوں کی بارش ہو رہی تھی اور وہ اس خون کی بارش میں بڑھتا ہوا آگے جا رہا تھا۔ اور جب وہ گولیوں سے چھلنی ہو کر گر گیا تو

اس نے کہا یہ میری قمیص اور شلوار کسی حاجت مند کو دے دینا اور مجھے سکھ دھرم انوسار جلا دینا۔ اتنا کہہ کے اس نے جان دے دی۔ اور وہ وہیں ٹرام لائن پر مر گیا۔ اور دونوں جھنڈے اس کے خون سے سرخ ہو گئے۔ لیگ کا سبز جھنڈا اور کانگریس کا سبز سفید زعفرانی جھنڈا دونوں اس کے خون سے ایسے سرخ ہو گئے تھے کہ کوئی نہ کہہ سکتا تھا کہ کون جھنڈا کس کا ہے اور وہ جو نہ ہندو تھا نہ مسلمان اس نے اپنا لہو دیکر دونوں جھنڈوں کو ایک کر دیا تھا۔ وہ جو ایک کسان تھا۔ گاؤں سے آیا تھا۔ اجڈ اور ان پڑھ تھا۔ غنڈہ!

میں نے اس کی شلوار اور قمیص اپنے ہسپتال کے ہری جن دھوبی کو دے دی۔ دھوبی نے وہ شلوار پہن رکھی ہے نیلی قمیص اس کی بیوی پہننا چاہتی ہے۔ اس نے اسے پھر سیا ہے۔ جوڑا ہے۔ دوسرے کپڑے کے ٹکڑے لگائے ہیں اور اب یہ قمیص دھوبی کے گھر کے باہر جنگلے کی سلاخ پر پڑی جھول رہی ہے..... یہ عجیب قمیص ہے جو پنجاب سے آئی ہے جسے کسی کسان بچے کی ماں نے اپنے کانپتے ہوئے ہاتھوں سے سیا ہے شاعر اور لوگ بڑے بڑے لوگوں کو بڑے بڑے لیڈروں کو سلام کرتے ہیں۔ میں تجھے سلام کہتا ہوں۔ اے غریب مفلوک الحال قمیص جھولی ہوئی

بسری ہوئی گالیاں کھاتی ہوئی قمیص. میں تجھے ہزار بار سلام کہتا ہوں۔ تو نے اک بھولے جاٹ کے مضبوط سینے پر گولی کھائی ہے۔ تو نے اس سے پیار کیا ہے۔ اس کا ساتھ دیا ہے، زندگی میں اور موت میں اور اس وقت جب اس ملک کے بڑے بڑے چاہنے والے اس کا ساتھ چھوڑ چکے تھے تجھ پر ہزار دل سلام اے میرے وطن کی وسیع غریبی کی طرح پھٹی پرانی قمیص، تو نے اپنی آغوش میں ایک معصوم کاشتکار کے دل کی دھڑکنیں چھپائی ہیں اور اب تو ایک ہریجن ماں کے دودھ کی عزت اور اس کے ننھے بیٹے کی جان کی حفاظت کرے گی۔ انہیں بھی اپنی زندگی کی سادہ ردی بخش۔ انہیں بھی اپنی دھرتی کا پیار دے، اپنی روح کا وہ صادق جذبہ کہ جس سے ہم کنار ہو کے ہم سب بیری کیڈ پر آ کے مل جائیں۔ اسی طرح ہوا میں لہراتی رہ۔ تو حسن اور سچائی اور نیکی کی تصویر ہے۔ تو اس آنے والے طوفان کی تنویر ہے جب زنجیریں ٹوٹ جاتی ہیں اور آدمی محبت کرنے لگتے ہیں۔

(۴)

اس طرح یہ تینوں غنڈے مر گئے۔ لیکن یہ سب کچھ فساد کے دنوں میں ہوا۔ لیکن اب وہ ہنگامہ ختم ہو چکا ہے، اب چاروں طرف سکون ہے۔

امن و امان ہے۔ غنڈے مر چکے ہیں یا گرفتار کر کے جیلوں میں ڈال دیئے گئے ہیں اور اب شہر میں کسی قسم کا خطرہ نہیں ہے۔ ہسپتال کے وارڈ زخمیوں اور لاشوں سے پٹے ہوئے ہیں، اب چین ہی چین ہے۔ اب کالی رات ہے۔ خاموشی ہے۔ میں ہسپتال سے تھکا ماندہ آ رہا ہوں اور منہ دھو کے کھانا کھا کے بستر کے قریب لیمپ روشن کئے دیوان پر بیٹھا ہوں اور اخبار پڑھ رہا ہوں۔ اخبار میں لکھا ہے مسٹر اور مسز پھنسی اور مسٹر بندری گر اور مسٹر تالوان اور دوسرے معزز شہری ایک انگریزی بحری جہاز پر مدعو کئے گئے ہیں جو ساحل پر اس لئے لنگر انداز ہوا ہے۔ تاکہ جہازی سٹرنالیوں کی بغاوت کا سدّباب کر سکے۔ مسٹر بندری گر برات کے دولہا معلوم ہوتے ہیں۔ مسٹر پھنسی نے ایک ہلکے رنگ کی نیلی قمیص پہن رکھی ہے۔ اور مسز پھنسی کی ساری کا رنگ پگھلے ہوئے یاقوت کی طرح ہے۔ یہاں امن اور قانون اور ترقی اور دستوری انقلاب کے جام پئے جا رہے ہیں اور میں اخبار پھینک دیتا ہوں اور پھر ایک سے ایک کتاب نکال کے پڑھتا ہوں۔ انسان کی تاریخ از ایچ جی۔ ویلز اور میری آنکھوں کے سامنے سیری کیڈ ناچنے لگتے ہیں۔ آدمی نے ہزاروں سال پہلے بھی یہ سیری کیڈ بنائے تھے۔ ظلم اور جہالت اور گناہ کو مغلوب کرنے کے لئے

بیری کیڈ میری نگاہوں کے آگے ناچ رہے ہیں۔ بدھ، محمدؐ، مسیحؑ..... پھر روشنی کی شعل کا زاویہ تبدیل ہو جاتا ہے چارلس اوّل کا سر نظر آتا ہے۔ دار پر لٹکتا ہوا۔ پیرس میں گلوٹین..... کمیون..... اکتوبر میڈرڈ..... آج بھی بیری کیڈ کھڑے ہو رہے ہیں۔

مراکو میں..... الجیریا میں..... مصر میں..... ہندوستان میں..... انڈوچائنا میں..... انڈونیشیا میں..... یہ طوفان ہے طوفان! اسے کون روکے گا..... یہ انقلاب ہے انقلاب، اسے کون چھیڑے گا۔ یہ قمیص ہے قمیص.. آدمی کی قمیص۔ ہوا میں لہراتی ہوئی۔ اسے گولیوں سے چھلنی کر دو۔ اس کے ٹکڑے ٹکڑے کر دو۔ اسے بموں اور ٹینکوں سے اڑا دو۔ یہ پھر ثابت وسالم ہو جائے گی۔ یہ قمیص مر نہیں سکتی۔ یہ آدمی کی روح ہے!

ایک اکسٹرا لڑکی

یہ گیارہ دسمبر ۱۹۴۴ء کی دوپہر کا واقعہ ہے، میں کھانا کھا کر اپنے دفتر کی میز پر سر ٹیکے اونگھ رہا تھا۔ کہ کمرے میں ایک اکسٹرا لڑکی داخل ہوئی۔ یوں تو ایک ہیروئن اور ایک اکسٹرا لڑکی میں وجہ تفریق کی بہت سی باتیں ہیں، لیکن ایک موٹی سی بات جو میرے ایسے کند ذہن میں آتی ہے وہ یہ ہے کہ کوئی ہیروئن اس طرح میرے کمرے میں داخل نہیں ہو سکتی۔ جب ہیروئن یا کوئی اہم کردار ادا کرنے والی ممثلہ کمرے میں داخل ہوتی ہے، کسی کمرے میں داخل ہوتی ہے۔ تو اس کمرے میں تین چار آدمی اس کی پیشوائی کے لئے ضرور موجود رہتے ہیں، اس کی آمد کی خبر پہلے سے کر دی جاتی ہے۔ اور اگر کسی کندہ ناتراش

کاسر میز پر اونگھتا ہوا نظر آجائے تو اسے ٹھوکے دے کر پہلے ہی سے خبردار کر دیا جاتا ہے: "ہوشیار باش، ممتلہ آرہی ہے"۔ اور چونکہ اس دوپہر کو اس قسم کا کوئی واقعہ ظہور پذیر نہیں ہوا۔ اس لئے یقیناً وہ لڑکی جو گیارہ دسمبر ۱۹۴۴ء کی دوپہر کو میرے کمرے میں داخل ہوئی ایکسٹرا لڑکی تھی۔

اس لڑکی کا نام زبیدہ تھا۔ وہ ہنس کر مجھ سے کہنے لگی کہ گھر والے اسے "زیب"، "زیب" کہہ کر پکارتے ہیں۔ میں نے یہ کہہ کر ٹال دیا کہ اس طرح کہنا کچھ گھر والوں ہی کو زیب دیتا ہے۔ بہرحال ـــ "زیب" نام کی ایک اور لڑکی کو بھی میں جانتا ہوں۔ لیکن اس کی کہانی پھر کبھی لکھوں گا، کیونکہ اُس کے ڈرامے میں حرف سوالیہ ابھی آیا ہے۔ اور اس زیب کے افسانے میں حرفِ سوالیہ آکر گزر گیا ہے۔ یہ حرفِ سوالیہ بھی زندگی میں کئی ڈھنگ سے آتا ہے، کبھی تو یہ محبوب کے بوسے کی طرح شہد آگیں ہوتا ہے۔ اور کبھی ناکام تمناؤں کی طرح تلخ، کبھی اس کی تشکیل سرخ انگاروں سے ہوتی ہے، اور کبھی آنسوؤں کے نمکین پانی سے، لیکن ہر زندگی میں ایک بار تو یہ حرفِ سوالیہ ضرور آتا ہے، یہ بڑا دلچسپ مرحلہ ہوتا ہے، زیب یعنی وہ زیب نہیں جس کی کہانی میں اب لکھ رہا ہوں، بلکہ وہ زیب جس کی

کہانی میں پھر کبھی لکھوں گا۔ ابھی اس مرحلے میں سے گزر رہی ہے' اور میں بحیثیت ایک تماشائی کے اسے کسی قسم کا مشورہ نہیں دینا چاہتا، اس سے صرف توقع کرتا ہوں کہ اگر کبھی یہ سطور اس کی نظر سے گزریں تو وہ مسکرا کر خاموش ہو جائے۔ اور اگر نہ مسکرائے تو اور بھی بہتر ہو گا۔

زبیدہ نوکری کی تلاش میں آئی تھی، اور سٹوڈیو کے مالک نے غالباً مجھے سب سے بے ضرر اور مرنجان مرنج آدمی سمجھ کر اس کام پر تعینات کیا تھا۔ کہ میں اکسٹرا مردوں اور اکسٹرا عورتوں کی شکل و صورت اور اُن کی اداکاری کے امکانات کا صحیح جائزہ لوں، یہ اندازہ اس نے میرے گنجے سر، دبیز عینک، اور اُس بے اعتنائی سے لگایا تھا جس کا مظاہرہ میں اکثر صنفِ نازک کے سامنے کیا کرتا ہوں۔ اُسے کیا معلوم کہ یہ تو محض اک مدافعتی حربہ ہے' ورنہ میری جلد کے نیچے بھی وہی تیز لہو دوڑتا ہے۔ اور احساسات کے ہیولاؤں میں وہی جنسی آگ شعلہ زن ہے' اور ٹھنڈی یخ، برفیلی نگاہوں کی بدلیوں میں بجلیوں کے کوندے مستور ہیں، شاید وہ سب کچھ سمجھتا ہے' اور اس کے ساتھ ساتھ یہ بھی جانتا ہے کہ میں اس قدر کمزور ہوں کہ اپنی جھوٹی نفرت کے خول کو توڑنے کی سکت بھی مجھ میں نہیں۔ اس لئے میں درحقیقت بے ضرر

ہوں۔ بہ حقیقت بڑی تکلیف دہ ہے اور داستان بیان کرتے وقت کچھ زیادہ ہی معلوم ہوتی ہے۔ ورنہ حقیقت یہ ہے کہ تکلیف دہ ہونے کے بجائے یہ میرے لئے اکثر وجہ مسرت بن جاتی ہے اور میں اس جھوٹی شرافت کے سرچشمے سے اپنے لئے کئی بار احساس برتری مستعار لے لیا کرتا ہوں۔ تم نہیں سمجھو گے لیکن وہ زبیب ـــــ میرا مطلب ہے وہ زبیب ضرور سمجھ جائے گی جس کے لئے میں یہ کہانی نہیں لکھ رہا ہوں۔

ہاں تو زبیدہ اس دوپہر کو میرے کمرے میں ملازمت حاصل کرنے کی غرض سے داخل ہوئی۔ زبیدہ چھٹی لڑکی تھی جس سے اس روز مجھے انٹرویو کرنا پڑا۔ سب سے پہلے جو لڑکی آئی تھی، وہ اپنے دو بھائی بھی ساتھ لائی تھی، ایک کا نام بے بی گنگرے تھا، اور دوسرے کا نام جانی لالو، وہ گجراتی لڑکی تھی۔ پرانی کمان کی طرح ڈھیلی ڈھالی، ناک نقشہ، چال ڈھال، بات چیت میں ایک غیر معین ناہمواری، بے دلی، بے سلیقگی، ایسا معلوم ہوتا تھا یہ عورت ابھی ابھی گیلی مٹی سے بنائی گئی ہے، اور اس کے فوراً بعد ہی میرے کمرے میں انٹرویو کے لئے دھکیل دی گئی ہے، میں نے اسے ملازمت دینے سے انکار کر دیا۔

اُس نے کہا، "آپ کا پتہ میں نے نوٹ کر لیا ہے۔ جب ہمیں کسی فلم میں آپ کی ضرورت ہوگی۔ آپ کو ضرور بلا لیا جائے گا۔" دل میں کہا۔ جاؤ۔ آفتاب کی کرنوں میں غسل کرو۔ زندگی کے جھونکھوں سے اپنی شخصیت کو ٹکرانے دو۔ جب یہ گیلی مٹی سوکھ جائے گی۔ پھر یہاں آنا۔

لیکن ایسا معلوم ہوتا تھا۔ کہ اُس کی گیلی مٹی کبھی نہ سوکھے گی۔ "میرا پتہ ـــــ میرا پتہ آپ نے نوٹ کر لیا ہے نا؟"

"ہاں۔ ہاں نوٹ کر لیا ہے۔"

"اچھی طرح نوٹ کر لیا ہے نا۔ للو بھائی سارا بھائی لین۔ مکان نمبر ۴۵/۳۴/۵۔ مکان نمبر ۴۵/۳۴/۵ نہ بھولئے گا۔ شہر احمد آباد۔۔۔۔۔"

"گھبرائیے نہیں۔ آپ کا پتہ میرے پاس بالکل محفوظ ہے۔"

"تو آپ مجھے ضرور بلائیں گے نا۔"

"ضرور ـــــ تسلی رکھئے۔ نہ بلانے کی کوئی وجہ نہیں۔"

"اچھا تو ـــــ وہ میرا پتہ۔"

"نمستے۔" میں نے ہات جوڑ کر جلدی سے کہا۔

وہ لٹے پاؤں، ہات جوڑ کر کمرے سے باہر آہستہ آہستہ نکلتی گئی۔ گیلی

مٹی تھی۔ چل بھی نہ سکتی تھی۔ اچھی طرح سے جانتے ہوئے چوکھٹ سے ٹکرا گئی۔ پھر نظروں سے غائب ہو گئی۔ کون کہتا ہے غائب ہو گئی۔ ابھی تک میری نگاہوں میں محفوظ ہے۔ اس کمرے کی میز پر، اس فرش پر، اس چوکھٹ پر، اس دروازے کے شیشوں پر اُس گیلی مٹی کے نشان ہیں۔ دیکھنے والا دیکھ سکتا ہے۔

دوسری لڑکی بھوار پیٹھ پونا سے آئی تھی۔ پونا سے بمبئی آئی تھی گلابی رنگ کی جارجٹ کی ساڑھی اُس کے جسم سے چپکی ہوئی تھی؛ اور اس کے اندر سے اُس کا جسم اک خشک تنے کی طرح نظر آرہا تھا، اُس کی نگاہیں ویران تھیں، اُس کے لب ویران تھے، اور اس کا سینہ ویران تھا، وہ اک لٹے ہوئے شخص کی طرح آکر میرے سامنے کرسی پر بیٹھ گئی۔ اس طرح بیٹھ گئی گویا کہہ رہی ہو۔ میں جانتی ہوں تم مجھے ملازمت نہیں دو گے۔ میں جانتی ہوں مجھ میں رس، شعریت نہیں، نسائیت نہیں، پھر بھی میں تمہارے پاس آئی ہوں۔ کیا اس بے حیائی، ڈھٹائی "کوئی امید بر نہ آئی" کی بھی داد نہ دو گے۔

میں نے دل میں کہا۔ مطلق نہیں۔ اور اُس سے پوچھا "تمہارا نام؟"

"کوشلیا"

"تم بدھوار پیٹھ پونا سے آئی ہو؟"

"ہا ہو۔"

"ہا ہو!" ـــــ میں نے کہا۔ "تم امرتسر کی رہنے والی معلوم ہوتی ہو؟"

"خوب پہچانا تم نے" اُس نے ہنس کر کہا۔ اور اس کے سیاہی مائل زرد دانت جبڑوں میں اکھڑی ہوئی جڑوں کے سروں کی طرح دکھائی دینے لگے۔

"پہلے کسی تصویر میں کام کیا ہے؟"

"ہا ہو! حکم دایکٹ نے جادوگر راج بہادر ہور چٹ پٹ منگنی، میں گاتی بھی ہوں، بدھوار پیٹھ میں اپنا کوٹھا ہے۔ کبھی آؤ وہاں۔"

میں نے پوچھا۔ تم امرت سر سے پونا کیسے آگئیں؟

"رزق!" اُس نے آہستہ سے کہا۔ بے دلی سے کہا، بے رس، بے جان، بے نور لہجے میں کہا۔ اُس کی نگاہوں میں، اس کے جسم میں، اس کی روح میں، تاریکی ہی تاریکی تھی اور اُسے دیکھ کر ایک کراہت آمیز نفرت کا احساس میرے دل میں بڑھتا چلا آرہا تھا۔ شاید وہ عورت نہ تھی، تاریک گندے گدلے پانی میں پیدا ہونے والی جونک تھی جو میری میز پر دھری تھی۔ اور آہستہ آہستہ

میری طرف رینگ رہی تھی۔

"جاؤ، جاؤ......" میں نے چلا کر کہا۔

وہ حیران ہو کر میری طرف دیکھنے لگی۔ میں نے اس سے معافی مانگتے ہوئے کہا۔ "دراصل بات یہ ہے کہ ابھی فلم کے شروع ہونے میں دو ماہ باقی ہیں۔ ہمیں یقیناً آپ کی مدد کی ضرورت ہوگی اور بھی بہت سی لڑکیاں......"

وہ میری بات کاٹ کر بولی، میری چھوٹی بہن گومتی — بھی میرے ساتھ آئی ہے...... او گومتی ادھر آ۔"

بڑی جونک، چھوٹی جونک! اُس سے چھوٹی جونک....

"ہاں آپ کو اور آپ کی بہن کو بھی ضرور بلاؤں گا فی الحال تو — اچھا نمستے۔"

"یہ میرے فوٹو ہیں۔" اُس نے اُٹھتے ہوئے اپنی گلابی ساڑھی کا پلو درست کرتے ہوئے کہا "ہور پُونا کدی آؤ تو ہمارے کوٹھے ضرور آنا۔"

وہ دونوں چلی گئیں، بڑی جونک، چھوٹی جونک......!

تیسری لڑکی مراٹھی تھی، مراٹھی لڑکیوں کے بدن میں بالعموم اک دلکش تناؤ ہوتا ہے، اور آنکھوں میں اک بے بس ہرنی کی سی معصومیت ہوتی ہے۔ جیسے

مرد بالعموم بہت پسند کرتے ہیں، لیکن یہ لڑکی بے بس منعور نظر آتی تھی،
......لیکن ہرنی نہیں۔ نگاہوں میں تناؤ ضرور تھا
لیکن جسم میں اس حقیقت کا کہیں پتہ نہ تھا۔ کچھ عجب بے ڈھنگی سی۔ لگڑ بگڑ
یا چرخ کی سی چال چلتی ہوئی اندر آئی، اس کے ساتھ اس کا خاوند تھا۔ جو
کمرے میں داخل ہوتے ہی دانت نکال کر مسکرانے لگا۔ اور جب تک
کمرے میں رہا۔ اسی طرح مسکراتا رہا۔ خدا جانے یہ کمرے کی فضا کا اثر تھا
یا میری صورت کا، یا اُس خوش آئند تصویر کا جو اُس کی بیوی کے شملہ بن
جانے کی صورت میں اُس کے مستقبل کی ہوتی شاید اُس کی مسکراہٹ اُس
حرفِ سوالیہ کا جواب تھی جو آج اس بدنصیب جوڑے کے مقدر میں لکھا
جا رہا تھا۔ اکثر اوقات آدمی کو معلوم بھی نہیں ہوتا۔ کہ حرفِ سوالیہ اُس کے
سامنے ہے' اور اُس سے زندگی کا، اس کی اہمیت کا، اُس کے تواتر کا،
اس کے بنیادی اخلاق کا جواب طلب کر رہا ہے' وہ یہ سب کچھ نہیں جانتا
اور یونہی احمقانہ طریق پر مسکرائے جاتا ہے یہ آدمی بھی کر رہا تھا۔ بیس سال
بعد جب یہ گنجا ہو جائے گا۔ اور اس کی آنکھوں پر دبیز عینک چڑھی ہوگی
میری طرح روئے گا، مسکرانے دو ابھی اسے ....

"یہ میرا بیوی ہے" وہ مسکرا کر بولا" نوکری کرنے ہوتا"

"ہندی یا اُردو جانتی ہے؟"

نو۔ بہار جا نگلا..... (بہت اچھا!)

میں نے کہا" اچھا تو لکھو..... ارے میں اُس کلو ہی کے گھر کیوں....."

ناہیں... ناہیں۔ لکھتے کو نہیں مانگتا۔ میرا بیوی زبانی یاد کرتا۔ تم اس کو

بتاتا یہ اکشرے..... بہار جا نگلا"

میں نے کہا" اچھا تو کہو" شب چراغ"

"شب چراگ"

"شب چراگ نہیں۔ شب چراغ"

"شب چراگھ"..... یہ کہہ کر وہ کھلکھلا کر ہنس پڑی۔

میں نے پوچھا" یہ ہنسی کیوں ہے"

وہ اپنی بتیسی کی نمائش کرتے ہوئے بولا" ایہہ..... ہمارے بولی

میں اس کو" گالی" بولتا۔ بڑا گالی"

"بہار جا نگلا!" میں نے خوش ہو کر کہا۔ کہو..... "شب چراغ"

"نہیں..... نہیں....." وہ اب شرما گئی۔ شرماتے وقت اتنی

اتنی بے وقوف اور احمق معلوم ہونے لگی وہ....

"پہلے کسی تصویر میں کام کیا؟" میں نے بات کا رُخ پلٹتے ہوئے کہا

"ناہیں، ناہیں۔ ہمارا بیوی کدھر کام نہیں مانگتا۔ ام شو بیچو لوک ائے اکڑے، ٹکڑے، ام بولا۔ اس کمپنی کا لوگ بہت اچھا، اس کو مشکل سے یہ اچھی کرتا۔ میرا بیوی بولتا۔ تم امارے ساتھ ہوتا تو ہم کام کرتا ہو، ام بولا۔ پھار چانگلا ام بھی تمہارے سنگ کام کرتا۔ ام اس کے سنگ اتی پریم کرتا!"

"پھار چانگلا!" میں نے اس کی تائید کرتے ہوئے کہا۔

"تمہارا پتہ میں نے نوٹ کر لیا ہے۔ آخر میں میں نے اُس جوڑے سے کہا۔ ۵۰ کالبا دیوی لین، پُورا نامندر۔ بمبئی ۹ ایں ہے نا۔ بہت جلدی تمہیں بلانے کی کوشش کرونگا۔"

وہ میری طرف دیکھ کر مسکراتا رہا۔ میں نے اپنا جواب دُہرایا۔ وہ پھر بھی مسکراتا رہا۔ میں نے انہیں رخصت کرنے کے لئے ہات بڑھایا۔ اس نے ہات جوڑ دیئے۔ اور مسکراتا رہا۔ اُس کے کوٹ کا کالر تین جگہ سے پھٹا ہوا تھا۔ اُس لڑکی کی دھوتی تو گھر کی دھلی ہوئی تھی لیکن سخت بوسیدہ تھی۔ اُٹھتے وقت مجھے یہ باتیں معلوم ہوئیں۔ اور مجھے یہ بھی معلوم ہوا۔ کہ وہ سچ مچ بے بس

ہرنی تھی۔ اُس کی نگاہیں زمین پر گڑ گئیں۔ اور اس کا خاوند مسکرا تا رہا۔ واپس جاتے ہوئے، میری طرف دیکھتے ہوئے برابر مسکرا تا رہا۔ اور جب وہ میرے کمرے کے باہر چلا گیا تو مجھے معلوم ہوا کہ یہ ہنسی نہ تھی، یہ رونا تھا۔ اُس کی شرافت بھی میری طرح جھوٹی تھی اور جگہ جگہ سے پھٹی ہوئی تھی۔ اور وہ اس میں تبسم کا پیوند لگا کر اپنی غربت کو چھپانے کی ناکام کوشش کر رہا تھا۔ وہ اپنی مرضی کے خلاف، اپنی بیوی کو بیچنے آیا تھا، اور مسکرا رہا تھا۔ اور اُس کی مسکراہٹ میں انسانیت کا خون تھا، یہ باتیں میں اب تم سے بیان کر رہا ہوں۔ ورنہ اس وقت تو میں نے اُس سے صرف یہ کہا تھا۔ میں تمہیں ضرور بلانے کی کوشش کرونگا، یہ جھوٹ ضرور تھا۔ کیونکہ وہ دونوں خاوند بیوی کسی ہندوستانی فلم میں کام کرنے کے لئے قطعی ناموزوں تھے۔ لیکن یہ ایک معمولی سا جھوٹ تھا اتنا معمولی جتنا اس آدمی کا تبسم، ایک سیدھا سادا عام جھوٹ ایک جھوٹے آدمی نے دوسرے جھوٹے آدمی سے جھوٹ بولا۔ بس اور کیا

پانچویں لڑکی نہ تھی، ادھیڑ عمر کی عورت تھی، تین بچوں کی ماں، دو لڑکیاں ایک لڑکا۔ بیوہ اور فربہ اندام، اور گلا بھاری۔ خوش رنگ، آتے ہی پھسکڑا مار کر کرسی پر بیٹھ گئی، پھر بیڑی نکال کر سلگانے لگی۔ بولی: "کمپنی نے کاہے کو

اشتہار دیا ہے:

"اکسٹرا لڑکیوں کی ضرورت ہے۔"

"ہاہاہا۔" وہ بیڑی کا دھواں میرے چہرے پر پھیرتے ہوئے بولی۔

"کتنے روپے دوگے؟" اس نے پوچھا۔

میں نے کہا۔ "تم نے کہیں کام بھی کیا ہے۔ یا یونہی؟"

وہ بولی: "بیٹا، ساٹھ تصویروں میں کام کیا ہے۔ ساٹھ تصویروں میں ایکٹرس رہ چکی ہوں، آنند بالا کا نام نہیں سنا؟"

وہ مسکرانے لگی "اچھے تاجر ہو؟" بولی، "خیر مجھے کیا لینا دینا، گھر میں کھانے پینے کو بہت ہے، اس لئے چلی آئی تھی کہ اگر کام اچھا ہو میرے ڈھب کا ہو تو کر لوں گی ورنہ ــــ اب یہ چھوٹے موٹے دو سطروں کے پارٹ تو مجھ سے کئے نہیں جاتے..... بولو پارٹ اچھا لے گا؟"

"بہت اچھا۔"

"کتنے سین ہوں گے؟"

"کوئی آٹھ دس۔ ٹھیک طرح سے نہیں کہہ سکتا۔"

"کتنے دن کا کام ہے؟"

"آٹھ دس دن کا کام ہے۔"

"باس؟"

"بس!"

"اچھا تو کرلوں گی۔ مگر بابا روپے کتنے دوگے۔"

"پچہتر روپیہ ماہوار۔"

"باس؟"

"بس!"

"یہ تو بہت کم ہے بابا۔ میرے سنگھ بچے ہیں۔ دو لڑکیاں۔ ان کا بیاہ مجھے کرنا ہے۔ کچھ تو سوچو اور ——"

ملمع اُترنے لگا۔ اور جب وہ چلنے لگی تو بالکل ہی اُتر چکا تھا۔

چھوٹی لڑکی کا نام زبیدہ تھا۔ جسے گھر والے زیب کہہ کر پکارتے تھے۔ خیر یہ کوئی بڑی بات نہ تھی، وہ کنواری تھی، کم از کم اُس کا بیاہ نہ ہوا تھا۔ زبیدہ کا جسم جوان تھا، اُس کی آنکھیں جوان تھیں، اُس کے ہونٹ جوان تھے، اس کی مسکراہٹ جوان تھی، اس کا ماتھا گھٹا ہوا تھا۔ اس کی ناک میٹھی

ہوئی تھی، اُس کا رنگ کالا تھا، وہ ایک ایسی لڑکی تھی، جو بدصورت ہوتے ہوئے بھی بدصورت نہ تھی اور خوبصورت ہوتے ہوئے بھی خوبصورت نہ تھی، اُس کے جسم کے خطوط میں اور اُس کے آہنگ میں، اور اُس کے نغمے میں شمال اور جنوب کے قطبین کی آمیزش تھی، آریائی خون دراوڑ جلد میں لہریں لے رہا تھا، اور دراوڑی حدت آریائی برف کو پگھلا کر اسے پانی کی طرح پگھلا رہی تھی، اس وجہ سے تو زبیدہ کے جسم کا اور اس کی روح کا صحیح تجزیہ نہ ہو سکتا تھا۔ وہ اک مسلسل تجربہ تھی، جیسے دو نسلیں، دو تہذیبیں، دو زمانے، ایک سانچے میں کھولا رہے تھے، اسی لئے تو وہ خوبصورت تھی نہ بدصورت، جوان تھی نہ بڑھیا، کالی تھی نہ گوری، آریائی تھی نہ دراوڑی، کبھی تو اس کی آنکھیں بڑی بڑی اور روشن معلوم ہونے لگتیں، اور وہ خوبصورت معلوم ہونے لگتی، دوسرے لمحے میں اس کی آنکھیں چھوٹی اور اس کا ماتھا گھٹا ہوا معلوم ہوتا۔ کبھی تو اُس کی جلد میں آریائی اجلا پن نظر آتا، دوسرے لمحے میں کالی ناگن کی سیاہ لطافت اُس کی جلد میں عود کر آتی، اور بیٹھی ہوئی ناک کے نتھنے خوفناک پھنوں کی طرح پھڑ پھڑانے لگتے۔

"زبیدہ۔ کہاں کی رہنے والی ہو؟"

"بمبئی کی۔"

"باپ کیا کام کرتا ہے؟"

"ایک سوڈا واٹر کی دکان ہے اس کی، اور میری ماں ایک پارسی کے ہاں ملازم ہے۔"

"اور انہیں تمہارے —— میرا مطلب ہے —— اگر تم —— فلم میں کام کرو تو انہیں کوئی اعتراض نہ ہوگا۔"

"مطلق نہیں صاحب!"

"تم اُردو بہت اچھا جانتی ہو۔"

"شکریہ۔ مجھے غزلوں کا بہت شوق ہے۔ میرا باپ بڑا عالم فاضل ہے۔ میرے پاس فانی، جگر، غالب، داغ سب کے دیوان موجود ہیں۔"

"جوش کا کلام دیکھا ہے؟"

"نہیں۔"

"کرشن چندر کے افسانے پڑھے ہیں؟"

"نہیں، مجھے افسانوں سے کوئی دلچسپی نہیں۔ مجھے بس غزلوں کا شوق ہے"

داغ آہا۔ کیا کہتا ہے۔ اور جگر! واہ وا.....،

"تم نوکری کیوں کرنا چاہتی ہو؟"

"مجھے فلم میں کام کرنے کا بہت شوق ہے۔"

"فلم میں کام کرنا جان جوکھوں کا کام ہے۔"

"واہ۔ اس میں کیا مشکل ہے۔ میک اپ کیا اور کیمرے کے سامنے آ گئے واہ۔ اس میں کیا مشکل ہے۔"

"کبھی کام کیا ہے؟"

"نہیں۔ مگر شوق ہے۔ مجھے غزلوں کا بڑا شوق ہے۔ آپ غزلیں کہتے ہیں؟"

"نہیں۔ میں غزلیں نہیں کہتا۔ سنتا ہوں۔ سناؤ گی؟"

"واہ ـــ میں غزلیں کیوں سناؤں گی بھلا۔ میں شعر تو نہیں کہتی۔ دوسروں کے کہے ہوئے پڑھتی ہوں مجھے تم کوئی پارٹ دو نا۔ کیا نام ہے تمہارا۔"

"جانی واکر۔"

"جانی واکر! چھی چھی چھی۔ جانی واکر بڑا برا نام ہے۔"

"تمہیں کیسے معلوم ہے؟"

"میں جانتی ہوں یہ ایک شراب کا نام ہے۔ اچھے آدمی شراب نہیں

پیتے۔ مجھے جگر کی غزلیں بہت پسند ہیں۔"

"جگر شراب نہیں پیتے۔"

"مجھے معلوم ہے۔"

"تمہیں کیسے معلوم ہے؟"

"مجھے مہتاب نے بتایا تھا۔ میں ایک روز مہتاب سے ملنے گئی تھی، بچاری اچھی طرح ملی۔ چائے پلائی، اتنی بڑی ایکٹرس ہے وہ، پر غرور — چھی چھی چھی — نجانے بڑی بڑی فلم ایکٹرسوں کو غرور کس بات کا ہوتا ہے کیوں جی اور میں نے دیوکا رانی کو ٹیلی فون کیا اُس نے جواب نہیں دیا۔ کیوں جی؟ یہ کیا بات ہے۔ واہ....."

میں اُس کی ساڑھی کی طرف دیکھنے لگا۔ دھوبی کے ہاں دھلی ہوئی تھی سفید وائل کی ساڑھی، جس پر طاؤسی نقش و نگار کا بارڈر تھا۔

میں نے کہا۔ "بارڈر اچھا ہے۔"

وہ بولی۔ "شکریہ..... مجھے معلوم ہے۔"

میں نے پوچھا۔ "تمہیں کیسے معلوم ہے۔ جگر نے بتایا تھا۔ کہ مہتاب نے، کہ دیوکا رانی نے۔"

وہ بولی۔ چھی چھی چھی۔ ایسی باتیں کرتے ہوئے آپ کو شرم نہیں آتی؟
یہ کہہ کر اُس نے اپنا ہات میرے ہات پر رکھ دیا۔ "لائیے میں آپ کا ہات دیکھوں"

میں نے اپنا ہات اُس کے ہات میں دیدیا۔ دونوں ہاتھوں میں بہت سی باتیں ہوئیں، محبت کی باتیں، وصال کی باتیں، جسم کی لذت کی باتیں، ہمیشہ ہمیشہ زندہ اور جوان رہنے کی باتیں سب جھوٹی باتیں، میں بھی سمجھتا تھا، وہ بھی سمجھتی تھی۔ آخر اُکتا کر کہنے لگی۔ "مجھے نوکری چاہیئے"

میں نے کہا۔ "میں نے تمہارا پتہ نوٹ کر لیا ہے اور ——"

وہ بولی۔ "مجھے کل تک جواب دو"

اس کے بعد وہ دوسرے دن آئی۔ تیسرے دن وہ آئی۔ چوتھے دن وہ آئی، پندرھویں دن وہ آئی۔ ہر بار اس کے ہات میں اک نئی کتاب ہوتی۔ کسی پُرانے شاعر کا کلام، مطبع نولکشور، لکھنؤ، پرانی کتابیں جن سے سوندھی سوندھی خوشبو آتی تھی، پرانے کاغذوں کی خوشبو، پرانے زمانوں کی پُرانی جوانیوں کی، پرانے آنسوؤں کی خوشبو، اور ہر بار اُس کے بدن پر وہی ساڑھی ہوتی، دھوبی کے ہات سے دھلی ہوئی اور وہی طاؤسی بارڈر، اور وہی غزلیں، بار بار پڑھ کر مجھے سناتی تھی وہ، اور ہر روز نوکری کے لئے التجا

کرتی۔ یونہی، باتوں باتوں میں سرسری طور پر، ایک دفعہ کہہ دیتی! اور پھر دیوان کے ورق اُلٹ کر مجھے سنانے لگتی، جیسے نوکری سے زیادہ اسے ان شاعروں سے عشق ہے،۔

ایک دن میں نے کمپنی کے مالک سے کہا "ایک اکسٹرا لڑکی آئی ہے نام ہے زبیدہ، تلفظ اچھا ہے۔ گو ناک میں بولتی ہے، مگر چل جائے گی۔"

"شکل وصورت کیسی ہے؟"

"بس یونہی جیسے اکسٹرا لڑکیوں کی ہوتی ہے، مگر ذہین معلوم ہوتی ہے۔ اس کا باپ بڑا "عالم فاضل" ہے۔ اس کی ماں اک پارسی کے ہاں ملازم ہے"

"کون ہے وہ؟"

میں نے کہا۔ "طوائف تو نہیں معلوم ہوتی، نیم طوائف شاید ——"

"جانے دو!"

میرے انکار کرنے کے بعد بھی وہ آتی رہی کسی نے اُسے بتایا کہ سعید اسے نوکر کرا سکتا ہے۔ وہ سعید کے پاس گئی، کسی نے اُسے بتایا کہ جمیل سے اس کا کام ہو سکتا ہے، وہ جمیل کے پاس گئی، کسی نے بتایا کہ لال اُس کا کام کر دے گا، وہ لال کے پاس گئی۔ اور پھر پھر کر میرے پاس آئی۔ اب

وہ سارے سٹوڈیو میں بدنام ہو چکی تھی، کیونکہ وہ نوکر ہونا چاہتی تھی۔ اور اسے نوکری حاصل کرنے کا ڈھنگ نہ آتا تھا۔ وہ اس بے حیائی کے انداز میں کہہ رہی تھی۔ مجھے لے لو... مجھے لے لو... کہ کوئی اُسے لینے کے لئے تیار نہ تھا۔

میں نے اُسے دیکھتے ہی تیوری چڑھائی۔ میں اُس کی مسلسل آمدورفت سے عاجز آچکا تھا۔ اور اُس سے چھٹکارا حاصل کرنا چاہتا تھا۔

"زیب!"

"جی!"

"تم گھر جاؤ۔ اور یہاں کبھی نہ آؤ۔"

"بہت اچھا۔"

"جب تمہاری ضرورت ہوگی۔ تمہیں بلا لیا جائیگا۔"

"بہت اچھا۔"

"زیب!"

"جی!"

"تمہارا اس طرح خوشامد کرنا مجھے....."

میرا فقرہ ناتمام رہ گیا۔ کیونکہ وہ رو رہی تھی۔

وہ روتی رہی اور میں میز پر بیٹھا ہوا اپنی انگلیوں سے طبلہ بجاتا رہا۔ جب وہ چپ ہوگئی تو مسکرا کر کہنے لگی۔" یہ شعر آپ کو پسند ہے۔

زندگی یوں بھی گزر ہی جاتی
کیوں تیرا رہگذر یاد آیا"

میں نے کہا۔" غالب کا شعر ہے!"

وہ بولی:" اور مجھے یہ شعر بھی بہت پسند ہے۔

ہم نے بھی وضع غم بدل ڈالی
جب سے وہ طرز التفات گئی

میں نے کہا۔" جگر کا شعر ہے"

وہ بولی:" میں جاتی ہوں، خدا حافظ"

" خدا حافظ!"

زبیدہ چلی گئی۔ اُس نے اپنی وضع غم بدل ڈالی، اب وہ ایک فلمی دلال بادامی کے پاس ہے، بادامی اُسے ایک بہترین فلم ایکٹرس بننے کے سارے لوازم بہم پہنچا رہا ہے، اب تک وہ تین چار لڑکیوں کو فلمی ستارے بنا چکا ہے

بادامی ہر سال ایک لاکھ روپیہ انکم ٹیکس ادا کرتا ہے، اس کا کام ہے نئی لڑکیوں کو فلم ایکٹریس بنانا اور پھر انہیں بیچنا۔ وہ کہتا ہے۔ یہ بڑی اچھی تجارت ہے، ملک میں یہ تجارت اب پانچویں نمبر پر ہے، بادامی نے زبیدہ کو زندگی کے نازک ترین مرحلے سے بخیر و عافیت گزر جانے کا موقع دیا۔ وہ اس کے لئے شکر گزار ہے، آج کل زبیدہ بادامی کے ساتھ سندھ اور پنجاب میں ایک ناچ پارٹی میں دورے پر جا رہی ہے پچھلے سال بادامی نے اسی دورے میں تین لاکھ روپیہ اکٹھا کیا تھا۔ اب زبیدہ بھی اس کے ساتھ ہے۔ اسے زیادہ آمدنی کی توقع ہے۔

زبیدہ اگلے سال فلم سٹار بن جائیگی۔ پھر وہ اپنی آمدنی کا تیس فیصدی بادامی کی نذر کیا کرے گی، کالج کے لڑکے اس کے گھٹے ہوئے ہاتھ، مچھلی جیسی ناک، اور گنگنے انداز تکلم پر قربان ہوا کریں گے، اور اس کی تصویریں اپنے البم میں سجائیں گے، اور چاندنی راتوں میں آہیں بھرینگے اور جس کمپنی کے مالک نے اسے اپنے ہاں بہتر روپے کی نوکری دینے سے انکار کر دیا تھا۔ وہ اب اسے دس ہزار روپے دے کر اپنی نئی تصویر میں کام کرنے کی دعوت دے گا۔

اور اخباروں میں زبیدہ کی تصویریں چھپیں گی، اور لوگ اسے گالیاں دیں گے۔

اور لوگ اسے بے وفائی، بے حیائی، ننگِ انسانیت کے حوصلہ افزا خطابات سے نوازیں گے

یہ سب کچھ ہوگا اور بہت کچھ ہوگا۔ اور خوب ہوگا، اور محض اس لئے ہوگا۔ کہ گیارہ دسمبر ۱۹۴۴ء کی دوپہر کو میں نے اور تم نے ایک عورت کو مار ڈالا تھا اور ایک طوائف کو جنم دیا تھا۔ گیارہ دسمبر ۱۹۴۴ء کی دوپہر کو میں نے اور تم نے سورج کو ڈوب جانے دیا تھا اور تاریکی کو بچالیا تھا، گیارہ دسمبر ۱۹۴۴ء کی دوپہر کو میرے اور تمہارے سامنے ایک حرفِ سوالیہ آیا تھا۔ اور اس کے جواب میں میں نے اور تم نے چھ لڑکیوں کے چہروں پر کیچڑ تھوپ دی تھی۔

کیونکہ زبیدہ ایک لڑکی نہ تھی، وہ چھ لڑکیاں تھیں، چھ نہیں بلکہ سات، کیونکہ ان باتوں میں وہ زبیدہ یعنی وہ زبیب بھی شامل ہے جس کا اس کہانی سے کوئی تعلق نہیں۔